기다릴수록 더 그리워진다

"상실의 끝에서야 나를 건져 올릴 수 있다"

기다릴수록 더 그리워진다

초판 1쇄 발행 | 2019년 7월 3일

지은이 | 김경진
펴낸이 | 공상숙
펴낸곳 | 마음세상

주 소 | 경기도 파주시 한빛로 70 515-501

출판등록 | 2011년 3월 7일 제406-2011-000024호

ISBN | 979-11-5636-344-6 (03810)

원고 투고 | maumsesang@nate.com

ⓒ김경진, 2019

* 값 13,000원

* 마음세상은 삶의 감동을 이끌어내는 진솔한 책을 발간하고 있습니다. 참신한 원고가 준비되셨다면 망설이지 마시고 연락주세요.

이 도서의 국립중앙도서관 출판예정도서목록(CIP)은 서지정보유통지원시스템 홈페이지(http://seoji.nl.go.kr)와 국가자료종합목록 구축시스템(http://kolis-net.nl.go.kr)에서 이용하실 수 있습니다. (CIP제어번호 : CIP2019021945)

기다릴수록 더 그리워진다

김경진 지음

마음세상

네 번째 산문집을 내면서

〈내 눈 속에 그대가 들어왔다〉, 〈그대에게 다하지 못한 말〉, 〈눈물은 뜨겁다〉 세 권의 산문집을 출간하고 나서 어떻게 하면 평탄하게 살아갈 수 있을까에 대한 탐구를 시작하게 되었다. 슬픔이 슬픔이 아닐 수 있도록 수긍하면서 적당한 감정의 거리를 만들어 가고 싶었다. 감정의 등락은 지나치면 좋을 수가 없다. 정상과 바닥이 금세 오르고 내릴 수 있는 높이를 유지해야만 평온을 소박하게 품은 상태로 살아갈 수 있다는 것을 살아온 경험치로 알고 있다. 그러나 실상은 그 적절한 높고 낮음을 유지하지 못하면서 살아 왔고 앞으로도 숙제처럼 풀며 지내야 할 거다. 그 부조화를 최대한 무디게 하기 위해서 "나에게 잘해 주자"는 화두를 나에게 던졌다.

나는 어디에 있어도, 무슨 일을 해도 나다. 단 한 순간도 내가 아닐 수가 없다. 그럼에도 불구하고 누군가를 위한다는 명목으로 또는 나에게 집중하지 못해서 나는 나를 박대하거나 소홀하게 대해왔다. 가장 소중하게 어루만져야 할 나에게 자주 등을 보여주었다. 웃음을 잃고 이마에 깊은 주름이 생겨버린 근원이었다. 기쁨 보다는 슬픔에 천착하면서 스스로 외로워져 시간을 허비하는 꼴이 되었다. 이제부터라도 살아가는 모든 시간을 나에게 무게중심을 놓고 최선을 다해 잘해주어겠다.

네 번째 산문집 〈기다릴수록 더 그리워진다〉는 가슴을 무너뜨린 시간과 공간으로부터 나를 분리해내기 위한 흐름의 기록이다. 굳이 먼 이국의 강물 앞에까지 달려가서 가슴을 비우기 시작했는가는 중요하지 않다. 전환의 계기가 필요했을 뿐이다. 낯선 곳으로부터 지금까지 이어왔던 삶의 방식을 돌아보고 낯선 나를 만나고 싶었던 것이다. 부다페스트의 겔레르트 언덕에서 도나우강을 내려다 보며 나는 막혔던 가슴에 바람구멍을 낼 수 있었다. 구멍을 통과하는 바람의 등에 오랫동안 짓누르고 있던 쓴 기억들을 태워서 날려보내기를 시도하기 시작했다. 억지로 한다고 해서 모든 것을 비워낼 수는 없다. 특히 쓰라린 기억들은 더더욱 질기게 떨어져 나가려 하지 않는다. 비워진 곳에 다른 기억들이 들어차도록 나를 개방하면서 의식적으로 나를 위해서 할 수 있는 것을 찾아나가려고 한다. 이 책에 수록된 산문들은 나에게 잘해주며 살기 위한 바탕을 마련해 가는 과정이다.

다시 후속으로 쓰고 있는 〈잘하려 하지마, 그냥 살아보자〉에 새겨진 글들은 조금 더 나에게 잘해주기를 실천해 가는 마음놀림이 될 것이다. 날마다 한 줄의 글이라도 남기려고 노력한다. 내가 써놓고도 무슨 생각을 하고 있느냐고 반문할 때도 있다. 어떤 글은 내가 써놓고도 그럴 듯 하구나 하면서 고개 끄덕이며 몇 번을 다시 읽기도 한다. 쓰여진 하나 하나의 글들이 일관된 내 생각일 수는 없다. 때로는 쓰다가 격정이 일어서 정돈 되지 않는 언어들이 문장을 지배해 버리기도 한다. 그러나 다시 읽으며 고쳐나가다 보면 얼추 문맥들은 한 방향을 향해 가고 있음을 자각한다. 글은 쓰는 사람의 생각이 베일 수 밖에 없는 표현임이 당연하지만 글이 생각을 이끌고 나가서 쓰고 있는 사람 자체를 어긋난 방향으로 가지 않도록 제어를 하기도 한다. 끊임없이 글을 쓰면서 나는 나를 제어한다. 나에게 잘해주는 것, 그 가장 완벽한 실행은 멈추지 않고 글을 쓰는 것이라 믿는다.

이 책이 혼자의 여정을 시작했거나 시작해야 할 이들에게 스며들어 함께 할 수 있게 되기를 간절히 바란다. 자신만을 위한 여정을 시작할 수 있게 되는 순간부터가 "나에게 잘해주기"의 출발점이 될 것이기 때문이다. "잊지 말자. 지나온 시간에도 나는 나였고 지금도 나로 살고 있고 다가오고 있는 내일도 여전히 나는 나여야 한다는 것을."

마음세상 출판사에서 이번에도 흔쾌히 출판을 결정해주고 다시 새로운 글쓰기의 시작을 할 수 있도록 용기를 주어서 감사하고 감사한다. 앞으로도 어깨한 쪽을 기꺼이 내어주는 관계가 지속되기를 간곡히 바란다. 삶의 가장 힘겨운 순간을 응원해준 마음세상에 다시 한 번 허리 굽혀 마음을 전한다.

2018년 10월 1일,
가을 속으로 들어가며.

제1장
나에게 속삭이기

비 오는 밤에

다시 속절없는 밤이 왔다. 선선하게 산바람이 내려오는 창을 열고 흐릿해진 가로등을 본다. 점처럼 바닥에 떨어지는 가는 빗방울이 치열하다. 사랑하고 싶었다. 남겨진 모든 찰나를 스쳐 보낼 수가 없었다. 산책을 하다 손등에 내려앉는 바람의 수상함에 뜀질을 하며 나는 동네를 돌던 발걸음을 멈췄다. 혼자가 아닌 시간을 갖게 되기를 무작정 바랬던가 싶다. 그러나 혼자라는 현재를 망연히 지켜야 한다는 것을 다시 안다. 여전히 나는 나에게 주어진 시간의 늪에서 빠져나가지 못한다. 질긴 위안을 받고 싶다. 사랑을 받고 싶다는 절박함이 질척해지는 밤이다.

나에게 하고 싶은 말

　운전대를 놓고 싶은 마음이 들지 않는 오후다. 목적지를 정해놓고 출발했지만 시간의 제한이 없어서 더 그런가 보다. 직선으로 곧게 갈 수 있는 도로를 벗어나 구불거리는 길을 자꾸 접어든다. 가볍게 비가 내리는 풍경 속으로 들어가고 싶기 때문이다. 와이퍼도 가끔씩만 작동을 한다. 창을 열어놓고 달려도 들이치는 비가 많지 않다. 공주 정안면을 출발해 대전으로 가는 길, 대전. 논산. 광주. 이정표가 가까운 곳부터 먼 곳을 향해 간다. 시골길로 들어섰다. 큰길로 합류한다 해도 이정표는 큰 변화가 없을 것이다. 정안면과 이어지는 공주의 풍경들만이 조금씩 밤나무가 주인인 산을 앞으로 밀었다가 옆으로 흘릴 뿐이다. 작년에 맡았던 밤꽃 향기가 데자뷰처럼 맡아진다. 한산한 일요일 오후의 도로 위에서 나는 마음 그윽해져 봄바람이 났다.

산수유 꽃이 양지바른 곳에는 벌써 피었다. 흐름이 잔잔한 금강이 으젖하게 공산성을 돌아 하구를 향해간다. 금강을 따라 꽃들도 필 준비를 거의 마치고 있을 것이다. 지금쯤 구례 산동마을의 산수유는 절경을 이루고 있을 거고 광양의 매화마을은 섬진강을 따라 매화바람을 몰아오고 있을 것이다. 꽃 몰이를 하러 이대로 엑셀레이터를 지긋이 밟고 오늘 안으로 돌아오지 못할지라도 무모하게 여행을 가보고 싶어진다. 그러나 그 무모함에 나는 빠지지 못한다. 유혹에 지고 싶을 때마다 그럴 수가 없어서 비겁해진다. 생활에 결박되어 있기 때문이다. 정해진 규칙을 어기면 피로해지고 무책임하다는 비난에서 벗어날 수 없기 때문이다.

아직도 병충해를 잡는데 효과가 있다고 믿는 부지런한 농부들이 꺼멓게 그슬려놓은 논두렁에 파릇한 기운이 돈다. 춘삼월 봄이 그을음처럼 깊어지고 있다. 자연계에 존재하는 모든 생명체는 자신이 져야 하는 시련을 이겨가는 것을 당연한 것으로 받아들인다. 그렇지 못하면 규칙에서 탈락해 생존이 위태로워진다. 잘하려고 할 필요는 없다. 이겨간다는 것은 잘 한다는 것과는 다르다. 필요한 만큼의 고통을 견디고 적당한 만큼의 원함을 얻을 정도로 노력하면 된다. 잘 하려다가 과도함에 젖어 들고 다른 생명들과 충돌하게 된다. 작은 풀은 작은 대로 큰 풀은 크기에 맞게 주어진 시련을 견뎌내면 된다. 사람도 그렇다. 하고 싶은 만큼만, 이루고 싶은 만큼만 맞춤의 노력을 하면 된다. 지닌 재능을 무시하고 닿을 수 없는 꿈을 꾸면 불행해진다. 주어진 환경과 배경을 도외시 하고 모든 것이 가능할 것이란 욕망에 사로잡히면 오히려 작은 이룸에 만족하지 못하고 하나도 이루지 못했다는 불만의 늪에 자빠지게 된다.

나를 만족시키지 못한다면 아무리 크고 많은 것을 빛나게 이뤄냈다고 즐거워지지 않는다. 이룬다는 것은 결국은 나에게 즐거움을 주기 위한 행동의 정당성을 만드는 것이다. 손톱만한 결과라도 만족스럽고 스스로 대견하다면 그 이상의 기쁨은 없다. 나를 다독여줄 수 있는 것에 몰입해야겠다. 갑작스럽게 우울해지지 않도록, 지나치게 흥분하지 않도록 평상심에서 이탈하지 않게 하는 것이 나를 나답게 자유롭게 살아가게 하는 것이라 믿는다. 새롭지 않은 것을 있는 그대로 받아들이고 다른 의미를 부여하고 재해석하고 실천하는 것이 새로움의 발견이다. 나는 이미 존재해왔고 그대로 존재해 있을 것이다. 다른 모든 것들도 그렇다. 전혀 새로운 존재는 없다. 완전히 다른 존재의 가치를 찾으려고 하는 것은 가당치도 않은 헛된 애씀이다. 지금의 내가 바라볼 수 있는 곳을 보고 찾고 싶은 것을 손에 쥐도록 해주는 것이 진짜로 나에게 잘해주는 것이다. 나를 즐거움에 주눅들게 해주는 것이다. 새로움을 나에게 선물해주는 것은 이처럼 현실에 있으면서 가능하다. 조금 열어놓은 창문을 다 내린다. 비와 함께 섞인 바람의 냄새가 생생하다. 생명력을 끌어올려 봄을 맞이하려는 지상과 지하의 생명체들의 안간힘이 녹아 있어서 코밑을 스쳐가는 바람의 기운이 더 신선하다.

　창문 밖으로 팔을 뻗어 손가락 끝으로 봄기운을 만져본다. 〈고마웠어요. 사랑했어요. 이제 나도 나를 많이 사랑해볼게요. 걱정하지 말아요. 쓸데없이 외로워 하지 않을게요. 지나치게 울지 않을게요. 〉은은하게 나에게 속삭여 본다. 가는 비가 오는 일요일 대책 없이 고즈넉한 오후에 나에게 하고 싶은 말이었다.

사주

나는 미신을 믿지 않는다. 그렇다고 무시하는 것도 아니다. 때론 흥미가 동하기도 하기 때문이다. 미신이란 길흉화복이 일어나는 징조를 풀어 그렇게 하도록 혹은 그렇게 하지 말도록 길을 안내하는 것이라고 할 수 있다. 미신이라고 다 부정적으로 볼 필요는 없다. 비과학적인 것들이 사람들을 더 맹목적 믿음으로 끌어들인 다는 것은 그만큼 상처 나기 쉬운 마음들을 위로할 수 있다는 것과 같다. 그런 의미에서 종교도 믿지 않는 측에서 보면 미신과 별반 차이가 나지 않는다. 미신이란 이름으로 생활에 끼어드는 현상들을 주의하고 잘 받아들여서 좋은 쪽으로 행하고 믿는다면 해롭지 않다. 그런데 문제는 좋지 않은 일들이 일어날까 봐 전전긍긍하는 마음이 우선 표출된다는 것이고 그 기우를 이용하거나 부추기는 일들이 일어나 피해를 보고 때로는 사람을 황폐화시키기도 한다는 것이다. 미신이 본래 나쁜 것은 아니었다. 사람의 옳지 않은 심성과 행동이 불화와 불행을 자초하는 것이기에 바른 생각과 바른 행동을 하도록 길을 인도하는 나침반이라 할 것이었다.

그런 면에서 사주도 하나의 미신이다. 태어난 년도와 달과 날짜와 시간을 보고 그 사람의 사람됨과 어떻게 살아왔는지, 어떻게 살아갈지, 누구와 어울릴지, 누구에게 해를 주고 이로움을 줄지 나열하는 것을 곧이 곧대로 믿는다는 것은 웃기는 일이다. 그럼에도 불구하고 사람들은 사주를 보고 삶의 방향을 정하기도 하고 맞는 사람을 택하기도 한다. 자신의 평소 믿음과 맞추거나 맞추기 위해서 사주를 본다고 보여진다. 자신을 자신이 전적으로 신뢰할 수가 없는 나약함이 그렇게 하도록 충동하기 때문이다. 그렇게 함으로써 마음이 편안해진다. 미신은 지나치게 집착하지 않고 사람의 마음을 편안하게 해주는데 그치면 그 역할이 긍정적이다.

나를 전혀 모르는 사람이 친한 동생의 부탁으로 내 사주를 봤단다. 태어난 날과 시를 물어오길래 무심코 알려줬는데 동생이 쓸데 없는 짓을 한 거다. 그런데도 뭐라 풀이했는지 귀가 솔깃하다. 나라고 별 수 없다. 내가 알지 못하는 나에 대한 불편함이 궁금증을 불러온다. 외로움을 달고 살 팔자란다. 본래 말이 없이 살기도 하지만 속병처럼 말을 품고 사는 사주라서 사는 게 무겁단다. 쾌활한 이가 옆에 있어야 남은 삶이 중화된단다. 꽤나 맞는다는 생각이 든다. 그러나 한편으로는 우습다. 누구나 자신의 외로움을 달고 산다. 말은 솔직히 귀찮아서 잘 안 한다. 번거로움에 빠지기 싫어 무사안일을 바라기 때문이다. 유쾌한 사람이 곁에 있어준다면 마음이 가벼워지고 생활에 활력이 생겨나는 것이야 당연한 일이 아닌가. 그렇다. 당연한 것을 당연하게 풀이해줄 때 오히려 안도하고 믿음이 강해진다. 얼토당토 않은 불안을 조장해서 기분을 잡치게 만드는 것보다 백배 위안이 된다.

나의 사주는 외롭다라는 말 한마디로 정의가 된단다. 외로울 팔자라면 외로움을 떨쳐내려 무리하지 않고 외로움에 잘 적응하면서 살면 된다. 외로움은 오히려 내가 가진 전 재산이기도 하다. 외로움 속에서 자신을 더 잘 성찰하고 생각을 구체화 해내고 그 밑천을 가지고 글을 쓰고 있는 것이 맞다. 외로움이 나를 안전하게 살도록 만들어준다. 분에 넘치는 행운을 따라가지 않게 만들어 준다. 담지도 못할 만큼 많은 행복을 쫓지 않게 해준다. 내가 누릴 수 있고 품을 수 있을 만큼이면 된다. 이제부터 더 철저히 안전제일의 삶을 살련다. 내가 좋은 사람을 좋아하고 내 마음이 가는 곳으로 가고 내가 즐거울 수 있는 일을 하고 내가 편안하도록 시간을 선물하면서 나를 위해서, 나에게 잘해줘야겠다.

잘 살지 못하는 이유

잘 사는 것이 어떤 것인지에 대해서 생각해본다. 막연히 잘 살기 위해서 열심히 산다. 잘 산다는 정의가 무엇일까. 물질적인 풍요로움을 누리고 살아가는 것. 정신적인 넉넉함을 품고 살아가는 것. 만사가 모두 무사태평한 것. 꼭 이것들이 모두 충족되어야 잘 산다고 할 수가 있는 것일까. 다 갖출 수 있다면 더할 나위가 없겠지만 누구나 이 필요 충분한 것들을 소유물처럼 모아서 살지는 못한다. 사는 것이 결코 만만하지 않다는 것을 알면서 살아간다. 그래서 우리는 대부분 잘 살지 못한다고 생각하게 된다.

잘 살기 위해서만 살기 때문이다. 잘 살기 위한 노력들은 더한 노력들을 해야 한다고 우리를 부추기고 항상 부족과 부재의 흔적들을 쫓아간다. 일은 해도 해도 끝이 없고 돈은 벌어도 벌어도 덜 벌리고 옷은 입어도 입어도 만족스럽지 않다. 그 뿐인가. 배고픔을 면해도 더 맛있고 비싼 음식을 생각하고 나에게 잘

해줄 수 있는 사람은 사귀고 사귀어도 모자란다. 불만이 우리를 다그치기에 잘 살지 못하는 것이다.

잘 살려고만 하지 말고 흐르는 데로 살면 어떨까. 모자라면 모자란 데로, 넘치면 넘치게 그냥 두고 있는 만큼, 누릴 수 있을 정도만. 순응하면서 자신을 방치하면서 살게 되는 것이 잘 사는 길이 아닐까.

이제부터 나는 나에게 그렇게 해주고 싶다. 채우려 할수록 못 살게 된다. 사랑도 정도 믿음도 더 채우려 하다 이별을 하고 정 떨어지고 배신을 맛보게 된다. 들어오면 받아들이고 나가면 보내주고 내 것인 것만 내 것으로 받아들이고 아직 모호하거나 내 것이 아닌 것에는 마음을 주지 않으며 살아가야겠다. 나에게 편안함을 주는 것이 나에게 잘해주는 가장 원시적인 시작이고 잘 살 수 있도록 해주는 초석이다.

환경 바꾸기

주변 환경을 획기적으로 바꿔보려고 꿍꿍이를 부리고 있다. 핸드폰을 바꾸고 잠자리의 편함을 위해 이부자리를 바꾸고 거실의 커튼을 단단히 치고. 그래도 별반 달라지는 것이 없다. 여전히 편하게 잠은 잘 수가 없고 하루에 한 두 번 울릴까 말까 하는 전화기도 큰 변화는 아니다.

결국 환경을 통째로 바꿔보기로 결심을 했다. 집 이사를 위해 평소에 생각만 했던 곳으로 돌아다녀 본다. 작은 평수의 아파트로 이사를 하면 조금은 아늑해지지 않을까 하는 생각에 부동산중개소를 통해서 몇 개의 매물을 직접 눈으로 봤다.

넓은 집이 부담스러웠는데 작은 평의 아파트에 들어서는 순간 숨이 턱 막힌다. 환경의 변화가 아니라 악화가 될 것 같아서 조금 더 넓은 평수를 보러 갔지만 25평이나 27평이나 거기가 거기다. 예전엔 베란다가 서비스 면적이어서 확장을 하면 제법 널찍했는데 요즈음엔 확장 형 자체로 분양을 하기 때문에 예전의 평수와는 확연히 다르다는 것을 알게 되었을 뿐이다. 34평을 보고서야 겨우 이 정도에서는 살만 하겠다는 생각이 든다. 잦은 인사발령으로 시작하게 되었던 주말부부의 생활로 원룸을 전전하던 제 작년까지의 생활에 비하면 배가 많이 불렀다. 그렇다고 이제 이사를 하면 다시는 이사를 하지 않고 그곳에서 정착을 해야 하는데 살만한 곳으로 가야 하지 않겠는가. 고민이다. 경제적인 문제도 풀어야 하고 지금 살고 있는 집이 처분이 잘 안돼서 일단 전세를 주고 이사를 할 생각이었는데 그렇게 해도 되는 것인지 쉽게 결론을 내릴 수가 없다. 그냥 이대로 버텨볼까도 생각해봤지만 이대로는 생활이 개선이 되지 않을 것 같다.

곧 결론을 내려야 할 일이다. 맘이 동했으니 이사는 기정 사실로 이미 정해져 있다. 절차와 경제력과 타협이 이뤄지면 환경 바꾸기의 대미를 장식하도록 해야겠다. 마음의 불편을 환경의 변화로 다 치유할 수 있다고 믿는 것은 아니다. 그렇다 하더라도 아무것도 하지 않으면 조금도 불편을 감해줄 수가 없다. 사는 것은 결국 나 좋자는 일이다. 내가 불편하고 불안하면 말짱 꽝인 인생이다. 무엇이든 최선이 아니면 차선이라도 해주는 것이 나를 위하며 사는 길이다.

입춘 꽃

 어제부터 바람 세고 꽃샘추위가 기승이더니 새벽의 서늘한 기운에 화들짝 일어난 창 밖이 훤하다. 수분을 잔뜩 머금은 눈이 나뭇가지마다 소복하다. 물기를 품은 눈이 나뭇가지를 지면을 향해 고개 숙이도록 만든다. 나무는 의도와는 상관없이 다가오는 봄에 낮은 자세로 예의를 다 한다. 그리 늦은 눈이란 생각은 들지 않는다. 완연히 봄이라고 느끼고 나서도 어쩌면 한 두 번 눈이 또 올지도 모른다. 자연 앞에서는 그렇지 않을 거다라는 장담을 하는 것이 아니다. 올 시간은 반드시 오겠지만 그 과정에서 이런저런 변화들이 예기치 않게 닥쳐올 수 있다는 가능성은 항상 열려있다.

 며칠 전 산수유 꽃이 화단에 샛노랗게 피어 눈 앞으로 찾아온 봄을 실감케 하더니 입춘인 오늘 아침에 아직 겨울을 완전히 보내지 말고 긴장하라고 경고나 하는 듯이 눈꽃이 나무마다 활짝 개화했다. 잠에서 깬 눈이 시원하다. 하얀색이 실상 가장 화려하다. 울긋불긋함이 색상의 기치를 높이고 화려하다고 인식되지만 오직 단색의 하얌일 때 세상은 지극히 선명하다. 순수함의 정수를 느끼기 때문이다. 복잡한 것이 화려한 것이 아니다. 단순하고 섞임이 없는 단일체 일 때가 가장 눈을 자극한다. 특히 하얀색이 더 그렇다. 더구나 눈의 피로가 없다. 자연스럽게 마음을 정화시켜준다. 순백의 화사함이 심리적인 안정감을 증폭시켜준다. 나무가 피워놓은 흰 꽃송이가 거대하게 연결되어 있다. 입춘 꽃이다.

싸우지 않으면 살아감의 가치를 느끼지 못하는지 연일 시끌벅적한 여의도와 파란지붕에 세든 사람들이 뉴스와 인터넷 메인을 도배하고 누군가의 ME TOO가 새롭게 올라오지 않는지 흥미롭게 관전의 준비를 하고 있는 방관자들은 오늘도 여전히 같은 생각과 같은 말과 같은 행동을 할 것이 뻔하다. 내일도 그럴 것이고 다음날과 다음날에도 그럴 것이다. 자연 앞에서는 장담할 수 없는 앞으로의 변화를 여전할 사람들 앞에서는 할 수 있다. 대립은 그들이 살아갈 수 있는 힘의 밑천이다. 자신 이외의 누군가 불특정한 사람들을 위한다는 말은 새빨간 거짓말이다. 부정하게 살지 않겠다는 서약은 은폐를 정당하게 하겠다는 자신에 대한 맹세다.

꽃이 핀 아침이다. 하얀 꽃이 세상을 덮었다. 내가 지나왔던 시간을 반성해 본다. 의도했을 수도 있고 의도 없는 결과가 나왔던 일들도 많았을 것이다. 일일이 적어놓지 않은 이상 그 모두를 기억할 수는 없다. 어떤 때는 우연히 깊은 인연을 만들기도 하고 다른 때에는 필연적인 악연에 몸서리를 쳤기도 했을 것이다. 내가 사는 세상이라고 내가 원하는 것만을 하고 살 수가 없다. 오히려 원함이 없는 상황에 더 자주 맞닥뜨리고 싫은 일에 집중해야 하는 일이 많다. 그래서 자기를 찾아가는 여행의 방법에 대한 안내서들이 평범한 사람들을 끌어들인다. 무심하게 살아가기, 무례한 사람을 대하는 법, 마음수련의 길, 아무것도 아닌 것들에 대한 아무것도 아니게 대하는 지침들.

　좋았던 일과 그렇지 못한 일 전부다 내가 산 시간의 부산물이다. 부끄러워야 할 일은 부끄러워하고 가슴 뿌듯해도 좋을 일들은 가슴에 각인시키며 앞에 남겨진 시간을 살아가야 한다. 하얀 눈에 점점이 새겨진 누군가의 발자국처럼 흔적이 남을 것이기 때문이다. 흔적이 새빨간 거짓말이면 절대 안 된다.

일광욕

아침 햇살과 바람에 그을림 중이다.

살아온 시간이 죄다 꿈이었다.

살아갈 시간도 꿈일 거다.

인부들이 이삿짐을 싸는 사이

하릴없이 벤치에 앉아

살아왔던 시간과 작별을 고한다.

부질없을 집착의 인연들과 선을 긋는다.

전혀 다른 꿈을 꾸며 살겠다고

하늘을 올려다 본다.

몸 속 곳곳에 햇볕의 집이 생긴다.

선물

선물이란 말 그대로 먼저 주는 물건이다. 나에게 내가 먼저 손을 내밀어 본다. 선물은 뒤에 주는 것이 아니다. 조건을 달면 선물이 아니다. 앞서서 주는 즐거움을 맘껏 누리는 것이 선물이다.

오늘 날 선물은 두 가지로 그 의미가 나뉜다. 대가를 바라는 선물, 대가를 원하지 않는 선물. 전자는 뇌물이다. 후자는 선의의 맘 전달이다. 선물은 그 본래의 의미대로 지켜져야 함에도 불구하고 혼탁한 관계가 선물의 본의를 오염시키고 있는 것이 오늘날의 현실이다. 잘못된 선물을 강요하고 미덥지 못한 관계를 만드는 것, 결국 파행으로 치닫게 된다는 것을 뻔히 알면서도 찰나의 유혹에 쉽게 무릎 꿇는 것을 너무나도 자주 그리고 많이 본다. 욕심이 선물이란 이름으로 대체될 수는 없다. 그럼에도 불구하고 선물은 즐거움이다. 줘도 즐겁고 받아서 더 즐겁다. 단, 과도한 대가성이 개입되는 상대성이 없어야 한다. 흐뭇한 감정으로 대신하면 된다. 부담감이 아니라 뿌듯한 부작위가 샘솟으면 된다.

나에게 선물을 준다. "그 동안 참 많이 힘들게 해서 미안했다. 지금부터라도 잘해줄게. 너답게 살려고 노력한 대가를 치러준다. 힘껏 살아줘서 고맙다. 부끄러운 일이 있기는 했어도 죄스럽지 않게 살아줘서 다행이다. 너에게 자부심을 가져도 손가락질 받지 않을 수 있다고 믿는다. 지금도 너는 너고 여전히 앞으로도 너는 너로 살기를 바란다." 아무리 비싼 것도, 그저 싼 것도 선물이란 이름으로 나에게 줘 본적이 별로 없어서 쑥스럽다. 그 겸연쩍음을 극복해 보련다. 이제부터라도 자주 그리고 많이 나에게 스스로 선물을 할 생각이다.

망설이기만 하던 시간들에게 과감히 작별을 할 생각이다. 그 첫 번째 선물이 화분이다. 흰 안개꽃과 제라늄을 섞었다. 혼자서는 외로울까 싶어서 다른 것과 어울려 뜨겁게 설레며 살라고 배려를 했다. 작은 꽃들이 피고 지고 오래도록 볼 수 있도록 휑 한 거실 벽 앞에 놓아준다. 소파에 앉으면 바로 볼 수 있도록. 그리고 언제나 마음 편하게 눈이 호강할 수 있도록 나에게 주는 따뜻함이다. 많이 힘에 붙이고 외롭다. 아무도 없는 집에 아무가 되어 나는 하루 해를 맞고 넘긴다. 그렇게 살아가는데 익숙해져야 한다는 것을 안다. 그러나 아직은 그 헛헛함이 못 견디게 낯설다. 시간이 많이 지나고 혼자라는 것이 무뎌지게 되면 낯섦에서 벗어날 수 있을지도 모르겠다.

이가 빠진 컵을 탁자에 놓고도 버리지 못하는 것은 지나간 시절의 추억이 깊이 스며있는 물건이기 때문이다. 찌그러진 양은 냄비도 그렇다. 버젓이 빛을 발하는 스텐레스 냄비가 옆에 있는데도 라면은 역시 양은 냄비에 끓여야 라면 맛이 제대로다. 습성이 맛을 만들어 낸다. 익숙함이 새로움을 밀어낸다. 기억에 저장된 사물은 기억을 넘어 추억이 되는 것이다. 소중하게 낙인이 박혀버리는 것이다. 사랑도 그렇고 이별도 그렇다. 깊이 깊이 추억이라는 이름으로 뇌속에 새겨져 있는 것이다. 그래서 버릴 수가 없다. 지워지지가 않는다.

버려야 하는 것들이 많음에도 잘 버리지 못하고 산다. 외로움도 버려야 하고 그리움도 버려야 한다. 버려야 비운 자리에 새로운 것을 받아들일 수 있을 것이다. 아쉬움 때문에 비우지 못하는 지 알았다. 그렇기도 하다. 그렇지도 않다. 아쉬움이란 이름을 빌어 쓰고 있는 분노가 비우지 못하는 가장 큰 이유다. 그 때 하지 못해서 화가 나고, 그 때 그러지 못해서 성질이 난다. 그래서 지워지지 않는다. 후련하지 못하기 때문이다. 하지 못한 것일수록 오래 남는다. 가슴에 손바닥을 얹어본다. 화내지 말고 화를 얹지도 말고 평온하게 살 수 없는 거냐고 물어보는 것이다. 이제 그래야 한다. 버려야 할 것이 많을수록 차분해질 필요가 있다.

무던히 애쓰고 있다. 애를 쓴다는 것은 잘 안 된다는 것의 반증이다. 그래도 사는 날들이 계속 될 수록 더 애를 쓸 것이다. 나에게 나를 납득시키는 일이기 때문이다. 선물을 주는 것은 더 많이 애타게 살아가라는 나에 대한 격려다. 꽃이 진다고 생명을 다 한 것이 아닌 식물처럼 같지만 다른 꽃을 다시 피울 수 있다는 줄기찬 애씀 속에서 꼿꼿이 살아가라는 믿음이다.

또 다른 선물을 준비한다. 화분처럼 놓고 보아야 이쁜 것이 아닌 같이 움직이고 함께 붙어 있어야 편하고 믿음이 가는 애마를 선사해줄 생각이다. 삐가번쩍하게 초라한 마음을 닦아낼 시기다. 주변을 바꾸지 않고는 나를 변화시킬 수가 없다. 태생만 남겨놓고 모조리 바꿔갈 것이다. 다음엔 다른 것을 다시 선물할 것이다. 하고 싶어 했으나 여건을 따지며 하지 못했던 일을 해보려 한다. 나에게 주는 선물은 결국 나를 바꿔나가겠다는 약속이다. 약속을 맘으로만 하면 효과가 약하다. 눈에 보이는 것, 손으로 만질 수 있는 것을 증표로 남기는 약속이 오래가고 굳건해 진다. 그래서 앞으로 하는 나와의 약속에는 가능하면 큰 선물을 주면서 나에게 압박을 넣을 생각이다. 못 지키면 빼앗긴다는 절박함을 강요해 볼 심산이다. 나에게 내가 주는 선물인데 밑져야 본전 아니겠는가.

고요한 산책

아침 기온은 제법 차다. 그래서 싱싱해지는 느낌이다. 살갗이 오돌토돌 일어난다. 세포들이 반응을 하는 현상이다. 신선한 공기를 조금이라도 더 받아들이고 싶은 거다.

팔을 벌려 크게 몸을 열어본다. 뭉쳤던 근육들이 끙끙댄다. 뒷짐을 지고 천천히 걷는다. 산책은 부산할 필요가 없다. 등 뒤로 보낸 손을 포개고 뒤에서 나를 안아준다. 뒷짐을 지는 것은 나에게 해줄 수 있는 백허그다.

사월의 아침은 변화가 고절하다. 어제까지 보이지 않았던 광대나물 꽃이 풀밭에 당당히 피어있다. 황매화가 어느새 꽃몽오리를 터트리고 환하게 얼굴을 내밀었다. 백 목련은 갈화 되어 가지 끝에 걸쳐있거나 바닥에 떨어져 있다. 자목련이 가지가 휘청일 정도로 수북하다. 조팝꽃도 콩알만한 꽃송이를 다다닥 가지에 붙들어 매놓았다. 꽃 사이를 걸으며 사월 속으로 깊이 빨려 들어 간다.

해야 하는 것들은 많다. 그러나 할 수 있는 일들은 제한되어 있다. 모든 것을 다하려고 하지 말자. 하면 이뤄지고 할수록 즐거움을 주는 일을 먼저하자. 생각만해도 부담 가고 걱정이 되는 일은 닥쳐올 때까지 잊어버리자. 나를 편하게 해주지 못하면 아무것도 하지 않는 것과 다름없다. 나에게 나만큼 소중한 사람은 없다. 원하는 곳에 데리고 가고 먹고 싶은 것을 먹여주고 만나고 싶은 사람만 만나게 해주자. 의무감에 사로잡혀 나를 제약하는 바보 같은 짓은 집어치우자. 내가 누릴 수 있는 나로 살아가자.

고요한 대화를 하며 싱싱해지는 봄날 아침이다.

아무 말이라도

집 밖으로 나와도 저녁에 마땅히 갈 데가 없다. 아파트 단지 내를 기웃거리다 혼자 앉아 있기에 좋은 장소를 찾았다.

단지 내에서 가장 깊숙한 곳이다.

산으로 이어지는 숲에서 개구리 울음 소리가 간혹 들린다. 짝짓는 시절이 끝났는데 아직 우는 걸 보니 너도 외롭나 보다.

아무 말이라도 해 본다.

그만하면 됐어. 더 슬픔 속을 파고 들지는 마.

멈춰야 한다고 생각만 하다 지쳐버리면 개구리 울음처럼 처량해질 뿐이야.

아무 말이라도 두런거리면서 스스로를 위로하며 살자.

자신을 위로하는 것에 숙달이 되어야 당당하게 혼자 살아갈 수 있지.

아끼지 말자. 괜찮아 아픈 건 부끄러운 게 아니라는 말을.

목욕탕에서 시름을 벗겨내다

이른 아침 일요일인데도 탕 안엔 사람들이 제법 많다. 일주일 동안 불려놓기만 해서 꾸꿉한 몸을 빨리 씻겨주고 싶었나 보다. 빈 자리를 찾아 샤워기를 한참 틀어놓고 머리부터 발끝까지 물을 뒤집어 쓴다. 뜨거운 물이 시원하다는 역설은 참으로 기분 좋다. 나 역시도 특별한 사정이 없는 한 매주 온천탕을 찾는다. 피로를 떨쳐내는데 뜨거운 물에 몸을 맡기고 스스로를 이완시키는 것만한 것이 없다. 타이마사지도 그렇고 스포츠마사지도 받는 순간에만 개운하다고 느껴질 뿐 효과가 오래가지는 못한다. 오히려 마사지사와 몸의 궁합이 맞지 않아 무리한 힘이 가해진다면 근육이 풀리기는커녕 뭉쳐서 역효과가 나기도 한다.

유성온천에는 온천지대라는 특성에 맞는 대중탕이 많이 있다. 그 중에서도 원조격이라고 할 수 있는 아드리아호텔과 유성호텔의 대온탕을 나는 주로 이용한다. 온천탕마다 무한정으로 공급해줄 수 있는 온천 물이 나오는 것이 아니고 모든 목욕탕을 운영하는 곳에서 직접 온천원수를 끌어올려 사용하는 것도 아니다. 내가 아는 얄팍한 지식으로는 이 두 곳의 온천이 원수에 가장 가깝다는 것이고 다른 탕들은 이 곳에서 취수 된 물을 분배 받아 운영한다는 것이다. 오래 전에 들은 이야기라서 확신한다고 말을 하지는 못하겠다. 지금은 운영방법이 바뀌었는지도 모르기 때문이다. 사실 온천을 이용하는 사람들에게 어떻게 온천지역이 운영되는가는 그다지 중요한 문제가 아니다. 풀고자 하는 몸의 갑갑함을 덜어내기만 할 수 있으면 된다.

유성온천 지구에는 이팝나무가 대로는 물론이고 작은 길에도 즐비하게 서 있다. 이곳만 그런 것은 아니다. 유성구 전체의 가로수가 대부분 이팝나무다. 특히 새로 조성된 주거단지에는 어김없이 아파트 단지 내에도, 이면도로까지도 이팝나무가 심어진다. 이팝이 개화의 절정에 이르면 활짝 핀 꽃이 마치 함박눈이 날리는 풍경을 자아낸다. 5월의 눈 축제를 보는 것과 같다. 해마다 5월 중순에는 이팝꽃이 만개하는 시기에 맞춰 온천문화를 알리고 체험할 수 있도록 유성온천문화축제를 연다. 이팝꽃은 장미와 함께 5월의 대표적인 꽃이다. 작고 흰 꽃잎이 갓 지어놓은 밥알처럼 보여 밥꽃이라고 불러도 될 듯 하다. 야외에 마련된 족욕장에 누구나 돈을 지불하지 않고도 이용할 수 있도록 축제 기간에는 온천 물을 흐르게 해놓고 사람들을 끌어들인다. 뜨거운 온천 물에 발을 담그고 바람에 하늘거리며 흔들리는 이팝꽃을 바라보고 있으면 몸과 마음이 든든해진다. 짧은 기간의 축제지만 아직도 유성온천은 사람들에게 잘 알려져 있어서 많은 사람들이 참여를 한다. 살고 있는 곳에서 지근거리에 있어 나는 특별히 축제기간이 아니어도 원할 때마다 이용할 수 있는 작은 행운을 누리고 있다.

샤워를 마치고 온천 물이 모락모락 김을 올리고 있는 탕에 들어간다. 발바닥부터 종아리를 담그고 뜨거움에 적응하기 위해 탕을 가로질러 걸음을 옮기다 적당한 자리를 찾아 엉덩이를 걸치고 앉는다. 온도에 가장 민감한 등이 잠기지 않아 제법 적당하게 적응이 된다. 반신욕 자세로 조금 앉아 있다가 전신을 담궈야 몸이 준비된 상태가 된다. 눈을 감고 온도를 받아들인다. 나른해진다. 시간이 지날수록 근육들이 흐믈거려지고 있음을 느낀다. 개운해진다. 이마에 땀이 맺힌다. 물 속에 잠긴 몸 곳곳에서도 피부를 통해 땀을 배출하고 있을 것이다. 배출의 시원함은 매력적이다.

이전에 출간한 에세이집 〈눈물은 뜨겁다-마음세상출판사〉에서 나는 "먹고 싸는 비례의 중대함"이란 제목으로 먹는다는 것에는 중점을 두면서 싼다는 배출은 애써 외면하려는 사회풍조를 비판한 적이 있다. 먹어야 살 수 있다는 것이 당연한 것처럼 싸야 살 수 있다는 것도 당연하다. 그러나 먹는다는 것은 매출을 발생시키고 이익을 창출한다는 경제적 효용가치가 높아 기업들이 앞다투어 투자를 하고 신제품을 개발할 뿐만 아니라 막대한 비용을 들여 광고를 집행한다. 그러나 배출에 관한 한 소극적이다. 배출은 경제적 효용이 적을 뿐 아니라 오히려 대부분의 배출물은 쓰레기가 되어 처리비용이 만만치 않게 투여되어야 하기 때문에 이윤창출이 목적인 기업들이 외면하고 싶은 것은 당연하다고 할 수 있다. 그렇다 보니 배출이라는 형태로 버려지는 오물들의 처리는 결국 사회적 비용으로 감당할 수 밖에 없어진다. 기업이 먹다 라는 매출을 발생시킨 이상 일정부분 사회적 책임으로써 싼다라는 처리비용도 지불하도록 제도가 갖춰져야 한다. 지금도 축산물 분뇨처리나 공장의 오염수 처리, 산업폐기물 처리 등에 대한 법적 기준들이 시행되고 있기는 하지만 직접 생산에서 파생된 부산물처리에 한정되어 있다는 느낌을 지울 수가 없다. 소비 이후에 발생하는 2차적 부산물에도 기업의 사회적 책임은 적용되어야 한다. 하루가 다르게 진보되어 가는 기술의 발전은 먹다 라는 것에만 치중되어 있다는 생각이 든다. 물론 오늘날의 풍족함을 만들어 냈고 인간의 삶을 편리하게 발전시켰다는 업적을 폄하하려는 것은 아니다. 다만, 먹다의 개념에 집중된 노력을 조금 더 덜어내 싼다의 개념에 투입했으면 하는 바람이다.

뿌옇게 수증기가 자욱한 탕 내에 동성의 사람들이 모두 온천 물에 피부가 벌겋게 달궈져서 냉탕에 들어갔다 다시 온탕으로 들어오기를 반복한다. 냉온탕을 일정 간격을 두고 반복하여 드나드는 것이 몸 안에 쌓인 노폐물을 더 많이, 더 빠르게 배출할 수 있기 때문이다. 탕 안으로 들고 들어올 수 있는 것이라고는 때타올과 칫솔, 면도기가 전부다. 누구도 더 이상의 것을 가져오려고도 하지 않고 다른 것은 필요도 없다는 것을 안다. 탕 내에서는 자신의 전부인 알몸과 묵힌 때를 벗겨낼 타올 한 장이면 충분하다. 잉여를 벗겨내는 곳이다. 때를 벗겨내고 몸 속에 쌓여있는 피로를 배출하고 무겁게 짓눌렀던 마음을 털어내는 곳이다. 목욕탕은 생에 낀 시름을 벗겨내는 배설 처다.

나와의 대화법

새벽 2시부터 시작된 비가 날이 밝으면서 굵기가 눈에 보이도록 굵어졌다. 거실에 앉아 창 밖을 생각 없이 바라보다 개념 없는 하루를 보내지 말아야겠다는 생각에 백팩을 메고 현관문을 벗어나 지하를 향해 수직으로 떨어져야 만날 수 있는 주차장에 이르러서 차에 오르기 전 어디를 가야 할까 잠시 서성이는 시간에 빠져들었다. 거의 대부분이 이랬던 것 같다. 미리 목적지를 정해놓고 주차장에 내려오는 경우가 없다. 평일엔 당연히 사무실로 향하지만 주말이거나 공휴일이면 가야 할 곳을 정할 수가 없다. 누군가가 기다려주지 않는 목적지는 특별히 의미가 없다. 어디를 가도 되고 어디도 안 가도 된다. 완전히 혼자의 삶을 살게 되면 홀가분해지는 것이 아닐까, 자유로워지지 않을까. 막연히 그렇게 생각했다. 그러나 정작 혼자가 되고 나니 막막한 홀가분이고 대책 없는 자유일 뿐이다. 외로움이라고 생각을 해보기도 하지만 꼭 그런 것만은 아니다.

알 수 없는 불안과 답답함이 개입된 시간을 혼자 버티며 보낸다는 것은 단순한 외로움이 아니다. 곤혹스럽고 묵직한 불편함이다.

차를 몰고 수통골을 향해간다. 이른 아침 여는 콩나물국밥집 앞에 내려서 뿌옇게 수증기가 서린 유리문을 손바닥으로 밀고 들어간다. 첫 식객으로 찾아온 손님을 주인장이 반갑게 맞이준다. 메뉴는 늘 먹는 것으로 알아서 내준다. 생긴지 이제 1년정도가 된 국밥 집은 오픈 하는 첫날부터 첫손님이 나였다. 해장국으로 나는 콩나물국밥을 좋아한다. 밤사이 술을 마신 날이면 일부러라도 찾아서 콩나물국밥을 먹는다. 콩나물이 품고 있는 해장능력을 나는 신봉한다. 국물의 시원함도 그만이지만 아삭거리며 씹히는 콩나물의 식감이 좋다. 통 유리 너머로 내리는 빗줄기가 조금 더 굵어졌다. 요즘은 주말에 비가 자주 온다. 여름을 향해 달려가는 봄기운의 따뜻함을 즐기려는 사람들에게 주말에 내리는 비는 불운일 것이다. 그러나 나처럼 특별히 가고 싶은 곳도, 가야 하는 곳도 없는 사람에게는 오히려 차분하게 하루를 보내게 해주는 고마운 비다. 즐거울 일이 없으니 남들의 즐거움을 시기하며 꼬장을 부리는 것은 결코 아니다. 비나 와버리라고 원한 적도 없다. 비는 나에게도 적지 않게 주말을 보내는 데 불편을 준다. 산책을 할 때도 우산을 받쳐들고 걸어야 한다. 아무리 좋은 우산으로 잘 가려도 바짓단과 신발이 축축하게 젖는 것을 피할 수는 없다. 자칫 하루 종일 빗줄기가 굵고 많이 내리기라도 하면 우산을 쓴 산책도 포기해야 한다. 거의 날마다 5~6km를 걸으면서 지낸다. 이어폰을 끼고 빠르지도 너무 느리지도 않는 평상의 걸음과 보폭으로 두 시간 가량을 걷는다. 장단지와 종아리가 아파질 때쯤이면 교묘한 쾌감이 짜릿하다. 그 묘한 짜릿함에 나는 중독이 돼가고 있다. 시간이 나지 않아서 걷지 못하는 날이 생기면 다음 날은 전날의 건너뜀을 보상이라도 하듯 평상적인 거리를 훌쩍 넘겨서 걷는다. 집에 들어가며 엘리

베이터 안에서 뻑뻑해진 다리를 주무르며 주저앉곤 하지만 마음만은 개운하다. 거실에 들어서자마자 홀렁홀렁 옷을 벗어 던지고 뜨거운 물을 뒤집어 쓰며 샤워를 하는 순간은 형언할 수 없는 쾌감의 절정을 맛보게 한다. 비가 오면 이렇듯 즐거움을 주는 산책을 원활하게 하지 못하게 된다. 그래서 나에게도 그다지 비를 반길 이유는 없다.

국밥을 홀렁홀렁 마신다. 뱃속에 보시를 하고 나서 다시 운전대를 잡고 요즘 새로운 아지트로 정한 커피숍으로 향한다. 오래 전에 배 카페가 있었던 곳에 공원과 커피숍, 이자까야들이 생겨나 자리를 잡고 있다. 덕명지구 아파트가 개발되고 단독주택과 상가들이 잘 어울려져 있다. 대전현충원과 유성CC가 바로 옆에 있어서 오고 가는 사람들이 제법 많이 찾는 곳이 되었다. 클래식 음악에 조에는 없지만 조용한 음악이 흐르고 넓은 유리가 밖의 풍경을 시원하게 볼 수 있게 해주는 2층 창가가 좋다. 구석진 자리에서 컴퓨터를 켜놓고 새로운 글을 쓰거나 써놓은 글을 편집하기도 하면서 오전 시간을 보내는 곳이다. 오늘처럼 비가 오는 날이면 더 차분한 시간을 지켜낼 수가 있다. 가끔 수다스런 아줌마들이 네댓씩 내가 앉아있는 자리 근처에 앉으면 생각의 끈들이 툭, 툭 끊겨져 나가 살짝 인상이 찌뿌러지기도 하지만 유쾌한 떠들썩함이 부럽기도 하다. 나에겐 전혀 중요하지 않는 일상의 사소한 일과 감정들을 열정적으로 토해내고 맞장구를 치고 탄성과 불평을 정성을 다한 표정과 몸짓으로 서로에게 전이시키는 위대한 아줌마들의 수다에 삶의 여유조연상 들을 안겨주고 싶어진다.

나는 이제 모든 시간과 장소에서 열정적으로 나에게 말을 건다. 내가 내가 아닌 다른 존재가 되도록 나를 변화시킬 생각은 없다. 혼자이기 전에도 나는 나였고 지금도 여전히 나는 나일 뿐이다. 작은 바뀜 들은 수시로 일어났다 되돌아 가거나 사라지고 일부는 남게 되겠지만 근본적인 나를 나는 마지막까지

지키게 될 것이다. 생활에 깊이 침투한 외로움은 불편함이기도 하지만 그만큼 무사안일, 무사태평한 삶을 살아가도록 만들어주는 안전장치이기도 하다는 것을 인정한다. 안전제일을 나에게 말해주면서 흠 없이 살아가려고 무리하지 말 것, 모든 것을 잘해내려고 애쓰지 말 것. 시간의 흐름에 순응하면서 살아가고 거슬러가려다 상처받지 말 것이라고 기본을 말해준다. 나는 이대로의 나로 살아갈 때 가장 나를 단단히 지키는 것이라고 일러준다.

떠나야 하는 이유

돌아와야 할 곳은 여기다.

어디를 향해 가도 결국 돌아와야 한다.

그렇게 돌아와 멈추고 회한에 져야 해도

떠나고 또 떠나자.

오늘도 떠났다 돌아왔다.

내일도 떠날 준비를 한다.

좀 더 멀리 오래 떠나보련다.

돌아오는 시간이 늦어질 테지만

내가 견딜 수 있는 시간을 늘려보는 것이다.

인연을 짓다

다른 걸음을 걷는 첫발이 망설여지는 법이다.

그러나 삶을 바꾸고자 한다면 반드시 첫발자국을 떼어야 한다.

새로움은 찾는 것이다. 저절로 다가오지 않는다.

관계를 만들기 위해서는 자신만의 세계를 동행자에게 들어올 수 있도록 길을 내어주어야 한다.

관계가 이어지는 것은 인연이다. 신중해야겠지만 주저할 필요는 없다.

새로운 인연의 집을 지으려 한다.

인연은 맺어지면 무너트린다고 허물어지는 집이 아니다.

시간이 갈수록 두텁고 견고해지는 성벽과도 같다.

오늘 집을 짓기 위한 초석을 놓는다.

흙을 모아 단단해지도록 지푸라기를 잘라 넣어 벽돌을 만들고 시간을 섞어 기둥을 세운다.

온전한 집의 모양이 되도록 나를 격려함을 느슨하지 않게 할 것이다.

반성

지나치게 나를 놓았나 보다. 끈질기게 잡고 있겠다는 스스로의 다짐이 옅어
졌었다. 여름 밤 서늘한 바람이 어울리지 않게 불어오고 살갗에 소름을 만들
어 주는 날들이 많아졌다. 바람에 물기가 스며있을 때마다 나는 길 위에 있었
다. 터벅거리는 발걸음 사이마다 뭉쳐지지 않는 공허함에 지쳐가고 있는 나를
봤다. 나를 놓쳐버렸기 때문이다. 이제라도 정신을 가다듬어야겠다. 성급해서
나는 가끔 나답지 못한 일을 해놓고 뻘쭘해진다. 하나의 일에 빠지면 다른 일
에는 눈을 돌리지 못하는 억센 성격이 문제다. 그러나 달리 생각해보면 오늘날
의 내가 있게 만들어준 집중력이 거기서 파생해 나왔다는 것도 부인해서는 안
될 듯 하다. 문제가 문제가 되는 것은 결국 바라보는 때와 시선의 방향에 따라
결정이 된다.

　인연은 만든다고 운명이 되는 것이 아니었다. 다가올 때까지 기다려야 단단
한 인연이 된다. 서둘러 짓는 집에는 바람이 새어 들고 빗물이 스며들어 살면
서 끊임없이 성가신 보수를 해야 하듯 인연도 급하게 엮으면 틈을 메우느라 정

신이 황폐해진다. 좋은 인연은 세밀히 서로의 틈을 메우며 단단한 약속같이 묶어야 한다. 선연은 악연이 막무가내로 이어지는 것과는 사뭇 다르다. 안타까운 시간 속에 있을수록 천천히 가야하고 조심해야 한다. 별볼일 없다고 여겼던 순간이 시간이 더해질수록 강렬하게 아로새겨지듯이 아무것도 아닌 순간은 나에게 단 일초도 없었다.

컴컴한 하늘을 올려다보며 두 팔을 크게 벌려보는 것처럼 뜬금없는 행동을 아무렇지도 않게 하면서 나는 걷는 순간에 최대한 자유를 누린다. 내가 품고 있는 외로움도 결국은 그와 같이 자유로운 것일 것이다. 구속되면 외로움도 없다. 외로움은 절대 자유를 누리고 있다는 반증이다. 서둘러서 벗어나려 하지 말아야 했다. 성급함이 모든 발단이었다. 나를 너무 많이 놓아버리면 탈이난다. 나에게 말하는 사람들의 말은 나의 언어가 아니다. 나는 나의 언어로 나를 말해야 한다. 나의 언어를 들어주고 고개를 갸웃이 기울여 줄 사람이 지금 나에게 간절히 필요하다.

......

자주 찍었던 여섯 개의 점이다.
슬프다 동의한다 인정할게 라는
수긍의 의미를 단축한 표시다.

......
오늘은 나에게 찍어준다.
괜찮아. 신경 놓아도 돼.
설마 널 포기한 건 아니잖아.

힘 한 번 쓰자.
아직 멀리 갈 길이 있어.
모든 시간을 사랑하자.

......
나를 부르는 모르스기호다.
나에게만 새롭고 강렬한 점 여섯 개다.

느려도 된다

어쩌면 조급함이 몸에 베여있는지도 모르겠다. 바쁘지 않은데도 불구하고 빨리 하려는 습관이 일상을 광범위하게 지배하고 있다고 해야 할 것이다. 조급함이 그렇다고 나쁘다는 것은 아니다. 일을 시작하고 진척시키는 데는 탁월한 역할을 하는 경우가 많다. 위기의 상황에서 신중한 것도 좋지만 최대한 빠른 시간에 상황을 반전시키기 위해서는 즉시적인 행동이 가해져야 하는 경우를 많이 경험하기도 했기 때문이다. 너무 느리면 기한을 놓치고 완전히 침몰하게 된다. 준비가 철저하면 좋겠지만 시기를 놓치지 않기 위해서는 일을 실행하면서 부족한 준비를 갖춰가는 것도 하나의 방법이다. 준비만 하다 자칫 실기를 하면 해보지도 못하고 상황이 종료된다. 그리고 그 결과는 참담하다. 한 번 지나쳐버린 기회의 시간을 돌려세우는 것은 절대 불가능이다. 그렇다고 모든 일이 이 범주에 속하는 것은 아니다. 조금은 더 많이 생각하고 상황마다의 대응

안을 마련하는 것이 필요한 때에는 조급함이 치명적인 독이 되기 때문이다. 다만, 시간적인 여유가 있어야 한다는 한계가 있다. 일상의 일들은 체계적이고 면밀하게 검토를 마치고 나서 행해야 하는 경우가 드물다. 심사숙고도 며칠의 기한이 고작이다. 기한을 초과하면 곧바로 불이익을 받아들여야 하는 경우가 대부분이다. 즉각적인 대응을 해야 하는 경우를 자주 대면한다. 그래서 빨리에 익숙해지고 쉽게 수긍을 하게 된다.

나는 성격이 급한 편이다. 일이 시작되면 가급적 빠른 결단을 내리고 직선의 길을 가려는 경향이 있다. 목적지가 정해지면 다른 길은 바라보지 않는다. 이곳 저곳 기웃거리다가는 원하는 시간에 도달할 수 없고 시간과 비용의 투자가 그만큼 낭비된다는 생각을 한다. 빨리 도달한 목적지에 서보면 완전하지 않다는 것을 안다. 모든 일을 완벽하게 할 수는 없다. 원하는 바의 구할을 이루면 성공한 것이라고 생각을 한다. 나머지 일할은 도착 이후에 보완하려고 한다. 그렇다고 하는 일마다 정한 목적지에 성공적으로 도달했다는 이야기는 아니다. 사람이 신이 아닌 이상 모든 일을 뜻하는 데로 이룰 수는 없다. 가다가 못 가는 곳도 있고 가다가 전혀 다른 길로 빠져 들어가기도 한다. 그렇다 할지라도 나는 느림에 대한 거부감이 강한 편이다. 얼마 전까지는 그랬다.

요즘은 느림에 대해서 생각을 달리하기 시작했다. 앞만 보고 옆은 보지 않으려 했기 때문에 오늘날의 내가 있게 되었다는 것을 인정하면서도 뭣 하러 직진의 길만을 선택해서 나를 채근하며 살아왔는지 회의가 들기 시작한 것이다. 지금껏 나는 그 조급함을 치열하게 라고 믿었다. 주어진 시간을 최대한 활용해서 엇나가지 않고 곧은 길로 가는 것이 나태하게 사는 것이 아니라고 여겼다. 그런데 이루었다고 생각하는 모든 것들이 실상은 불완전한 이룸이라는 불만이 생겨났다. 지키기 위해서 안간힘을 썼으나 해체돼버린 가족. 일을 하고 한만큼

주어지는 승진의 기쁨을 누리고 성취감을 통해서 받는 월급의 액수가 주는 재미가 줄어들어가는 직장에서의 지위. 서로의 시간을 허락할 수 없어서 소홀히 대했던 친구들의 근황. 쓰고 또 써도 별 볼일 없는 글들. 나는 너무 빨리 이루면서 재미없게 살아왔다. 직선의 길에는 재미가 존재하지 않았다. 멈춰서 눈을 감아보니 바람처럼 빠르게 나를 비껴가는 허무함이 가슴을 허허롭게 만든다.

　이제부터는 속도를 배제해야겠다. 속도에 순응하지 못하면 죽기라도 하는 것처럼 속도에 편승했다. 속도라는 약에 취해 주변을 살피지 않고 살아왔다. 가다가 보이는 모든 길에 앉아서 곁을 스쳐가는 시간을 엄지와 검지로 만져보고 다가오거나 지나가는 사람들의 체취를 느껴보면서 살 수 있도록 해야겠다. 내키면 전혀 다른 길로 들어서야 할지라도 모퉁이 길을 따라 천천히 걸어도 보고 막힌 길이면 다시 돌아 나오는 여유를 부려봐야겠다. 돌아오다가 보지 못한 새로운 길이 있으면 꺾어지고 휘어져 속을 알 수 없더라도 미로에 빠지듯 일탈의 흥미로움을 누려보기도 할 생각이다. 느린 걸음이 필요할 때가 되었음을 직감한다. 어쩌면 나는 이제 나에게 관대해지고 싶은 것인지 모르겠다. 조급함은 나를 쉬지못하게 재촉하고 바르게 살아가라는 강박 중에서부터 시작되었던 것이다. 나는 나에게 관대하지 못했다. 그렇기에 여유롭게 나를 놓아주는 관용을 베풀 수가 없었다. 이제서라도 이런 나를 발견한 것을 다행이라 생각해 본다. 아직 살아갈 시간이 충분히 남았다. 이제 느려도 된다. 나태하게 살자. 하는 듯 하지 않는 듯, 있는 듯 없는 듯 존재감을 지우며 살자. 걸음이 느려도 결국 갈 곳엔 도달한다.

위함을 위하여

위해서라는 말을 많이 하면서 지낸다. 술자리 건배사에서도 위하여는 가장 손쉽고 무난한 건배사다. 누군가를 위해서, 무엇인가를 위해서. 사람들은 끊임없이 위하면서 자기의 삶을 위로한다. 그렇지 않으면 삶의 시간을 허비하는 것 같다. 자신의 존재 가치를 전가시키기 위해서도 위해서가 필요하다.

섭씨 35도를 웃도는 날씨가 지속되고 있다. 해마다 올 해의 날씨가 기록적이라고 매 해 신기록을 쓴다. 이토록 잔인한 기온과 습도 아래서는 육체노동은 하지 말아야 한다. 그러나 하고 싶지 않다고 하지 않으면 안 된다. 위해서에 심각한 결함이 생기기 때문이다. 공사장에서 소금을 먹어가며 소나기 같은 땀을 흘리며 일하는 사람들을 보면서. 하우스 안에서 웃자라거나 짓무르는 채소를 솎아야 하는 농부를 보면서 위함이 없다면 저토록 탈진의 시간 속에 있을 필요는 없을 것인데 그들에겐 포기 못할 위함이 위험을 무릅쓰게 한다. 정신노동을 하는 사람들도 마찬가지다. 그들도 위함을 위하여 그들만의 정신과 감정의 땀을 흘린다.

우리는 구체적으로 어떤 것을 그리도 털어내지 못하고 위해서 사는 것일까. 인류번영과 조국의 번창을 위하여 혹은 소속된 조직의 무궁한 발전을 위하여? 누군가는 그럴지도 모른다. 그 특별함은 누군 가에게만 해당된다. 보편적인 누군 가에게는 해당 되지 않는다. 대대수의 누군가 들은 생존을 위해서다. 잘 살고 못 살고를 젖혀두고 일을 하지 않으면 안 되는 현실을 살아가고 있다. 가장 크고 강력한 위하여는 가족이다. 가족의 존재는 헌신의 의무를 지우고 그 의무를 수행하는 것이 행복이 된다. 정작 자신의 모든 힘을 쏟아 부으면서도 희생이라고 생각하지 않는다. 오히려 기쁨으로 받아들인다. 세상에 존재하는 가장 강맹한 마취제가 가족이란 이름이다. 대체 불가능이다. 아무리 힘들게 해도 말썽을 피우고 귀찮게 해도 등지지 못한다. 간혹 인간이기를 포기한 악마 같은 존재가 나타나기도 하지만 흔히 볼 수 있는 일은 아니다. 피를 나누고 섞는다는 것은 그래서 무섭고도 따뜻한 응집력을 갖는다.

역시나 나도 내가 만든 가족을 위해서 나 자신을 내려놓고 오랜 시간을 살아왔다. 살아왔다라는 표현은 가족을 대상으로는 좀처럼 쓰지도 않고 쓰지 말아야 할 언어다. 문제가 발생했다는 암시를 품고 있기 때문이다. 앞으로는 그렇게 살지 못한다는 혹은 다른 위하여를 위해서 살아야 한다는 곤혹스러운 암시다. 요즘은 가족의 해체가 여러 가지로 발생한다. 대표적인 가족의 해체는 이혼이다. 경제적인 어려움이 원인이 되기도 하고 성격의 차이가 원인이 되기도 한다. 어떤 이유가 생겨 불화를 극복할 의지가 없어지면 이혼에 이르게 된다. 오늘날은 이혼이 큰 흠으로 여겨지지 않는다. 삶의 이력 하나쯤으로 여긴다. 그만큼 결혼했다 이혼하는 일은 쉽고 빈번하게 자행된다. 그 외에 부부의 별거, 불륜, 자녀 교육이란 명목으로 행해지는 기러기 아빠, 직업이나 일의 특성으로 장기간 떨어져 있어야 하는 비 동거 등도 가족 해체의 원인으로 작용한다.

그런데 의외로 부부 중 어느 한 쪽의 사별이 원인으로 작용하기도 한다. 언뜻 생각해보면 이해가 가지 않는다. 남은 가족간에 애틋한 가족애가 더 생겨 관계가 끈끈해 질 것이라는 것이 상식적이다. 실상도 대부분 그렇다. 사별은 극도의 상실감을 안겨준다. 결혼한 성인남녀의 가장 큰 스트레스는 배우자와의 사별이다. 두 번째가 이혼이고 세 번째가 별거다. 상위 세 번째까지가 모두 부부관계의 왜곡된 형태에 있다는 것은 그만큼 가족공동체의 기본중의 기본이 부부라는 것을 단적으로 보여준다. 사별은 견딜 수 없는 정신적 공백 상태를 만들어 내고 헤어나오지 못하는 심적 충격의 늪에서 오래도록 방황을 하게 한다. 배우자를 잃어버렸다는 자책과 슬픔은 삶의 의욕을 주저앉히고 심각한 우울증에 빠지게 한다. 특히 사고 사나 돌연 사가 아닌 오랜 기간의 투병과정을 거친 사별은 생생한 고통의 순간들을 함께 하면서 생긴 아픔이 뇌세포 깊이에 아로새겨져서 모든 시간이 처연하게 심장을 후벼 판다. 아무래도 배우자를 잃어버린 다른 배우자가 겪는 상처의 강도가 더 하겠지만 자식의 경우도 비등할 것이란 것을 인정한다. 그렇다고 하더라도 평생을 함께 하자고 약속한 사람의 부재를 겪어야 하는 허망함에 비할 바는 못될 것이다. 이러한 극한 고통을 극복하지 못하면 갈등이 생겨난다. 어쩌면 새로운 자아를 각성한다고 해도 될 듯 하다. 다시는 그러한 고통 속으로 들어가고 싶지 않다는 반발심에서 기인하는 것에서 비롯된 각성이라고 봐야 할 것이다. 바람직하다고는 할 수 없으나 그렇다고 비난을 할 수도 없다. 상처를 공유 하는 것은 그만큼 오래 지속된다는 전제가 필수적이다. 상처를 단절시키고 싶은 간절함이 공유에서 분리되고 싶어진다. 그래서 각자의 삶에 전력을 다 하게 된다. 의식적으로 서로의 삶에 개입하려 하지 않는다. 그러다 벽이 생겨난다. 한번 생겨난 벽은 그 두께가 급격하게 두꺼워지고 쉽게 허물어지지 않는다. 의도하지 않는 가족의 해체가 발생하고 만다.

나의 경우가 그렇다. 극도의 슬픔에 방치되면서 혼자 있는 시간이 길어지다 보니 위함의 대상이 바뀌게 되었다. 가족이란 테두리를 벗어나 그 동안 등한시한 채 놓아두었던 나에게 천착하는 시간이 많아졌다. 여행을 하면서 산책을 하면서 생각하는 시간이 많아질수록 상처를 이겨내는 방법으로 나에게 말을 걸기 시작했다. 처음엔 어색하기만 했다. 내가 말을 하고 내가 답을 하는 대화법이 생소했기도 하지만 스스로 하는 질문에 즉답을 하지 못하는 내가 이상했기 때문이다. 내가 만든 질문인데도 막막했다. 복잡하지도 길지도 않은 질문들이었다. '어떻게 살고 싶은 거냐! 무엇을 하며 살고 싶은 거냐! 누구를 위해서 살 것이냐!' 내가 나에게 물어보고 싶은 최소한의 원초적 질문이었다.

쉽게 답이 만들어질 줄 알았는데 생각하면 할수록 막막해지는 것이었다. 어처구니가 없었다. 그래서 어떻게 와 무엇을 빼내고 누구를 에 집중했다. 자식들을 위해서 사는 것도 나쁜 선택은 아니다라고 여러 번 곱씹다가 근본적인 답은 아니라고 결론을 내렸다. 그들의 삶은 그들이 주인이다. 과도한 개입과 위함은 서로에게 불편과 불만을 야기할 것이다. 최소한의 뒷받침이면 된다. 모든 것을 치중해서 자식들을 위해서 살 필요는 없다. 누구는 결국 나라는 것, 나를 위해서 할 수 있는 궁극을 다 해야겠다는 데 이르자 비로소 어떻게 와 무엇을도 윤곽이 잡히기 시작했다. 그 시작의 감행을 막연히 해보고 싶다고 느끼기만 했던 여행을 실행하고 갖고 싶다고 생각만 했던 물건들을 사기도 하고 나만을 위한 공간도 마련했다. 어떻게든 무엇이든 하고 싶은 것이 생겨나면 나를 위해서 최선을 다하며 살아볼 생각이다. 나를 위해서 하지 못할 일이 무엇이 있겠는가. 나에게도 해주지 못하면서 누구를 위해서 할 수 있는 일이 있기나 하겠는가. 상처도 내가 이겨내지 못하면 완전히 극복한 것이 아니다. 기쁨도 내가 누리지 못하면 즐겁지 않다. 나는 나에게 잘해주기 위해서 존재해야겠다.

제2장
기다릴수록 더 그리워진다

그리운 이유

세월만 가지 않지. 사랑도 함께 가고 영원도 가는 거지. 뒤 돌아볼 필요는 없어. 뒷걸음질 하지도 말자. 앞으로만 가는 것이 시간이란 걸 모르지 않잖아. 상처가 있을수록 등 뒤를 생각하지 말고 냅다 앞으로 뛰어가 시간과 보조를 맞춰야 해. 가고 가야 건너뛸 수도 있지. 느릴수록 가슴 더 찢어질 뿐이야. 가는 것들이 많아야 덜 아파져. 오는 것들은 알 수 없고 알 필요도 없어. 맞이할 맘만 다지면 돼. 사랑을 전부 쏟아냈다고 생각해도 멈추지 않고 또 들어 차는 것처럼 근원의 바닥을 찾을 수 없는 무저갱도 세상엔 의외로 많아. 사람이 그래. 알아도 알아가도 결국 몰랐던 특별함이 튀어나오는 괴생명체야. 어떤 정밀함으로도 이겨낼 수 없는 것이 사람의 마음이야. 그래서 사람은 정복될 수 없지. 하나님도, 과학도 영원히 사람을 종속시킬 수는 없어. 오직 시간에 적응하는 유일한 존엄체가 바로 나라는 걸 잊지 말자. 그렇게 사랑해. 그리고 숨 멈출 수 있을 때까지 그리워할게.

이도 저도 못하고

 겨울 비 치고는 제법 많이 왔다. 밤부터 시작된 비가 새벽녘까지 센바람과 함께 말라가던 세상을 축축하게 젖게 만들었다. 전국 곳곳의 저수지와 댐들이 겨울 가뭄으로 저수율이 낮아 봄 농번기 철을 걱정하는 목소리들이 많았다. 마른 땅에서 먼지가 일고 계속된 건조주의보가 불씨를 키워 산과 들 게다가 집들과 건물들의 화재를 불러왔다. 이번 비가 충분한 해갈을 주지는 못한다고 하지만 한시름 놓을 수 있는 만큼의 양은 된다. 겨울이 물러가면서 이어오는 봄의 어깨를 가볍게 만들어주는 선물을 준 것 같다. 비와 함께 부는 바람 덕분에 미세먼지도 자취를 감췄다. 다만 며칠째 포근하던 기온이 한 이틀 동안 영하를 회복해서 다시 두꺼운 옷을 입어야 한다는 불편을 가져왔지만 그 정도는 충분히 감수해도 될 불편이다.

 3월의 첫날이다. 삼일절이다. 곳곳에 내걸린 태극기가 바람에 펄럭이는 모습이 시원하다는 느낌으로 다가온다. 촛불혁명 이후 태극기의 물결은 왠지 꺼림직하고 불온한 세력의 전유물처럼 보기가 싫어졌다. 아직도 태극기를 옳지 못한 주장의 도구로 사용하는 무리들이 그 행태를 그만두지 않고는 있지만 평창의 하늘을 품었던 태극기를 보면서 본연의 나라사랑의 상징성을 회복해가고 있음을 느꼈다. 오늘의 태극기도 그렇다. 조국을 위해 헌신하고 목숨을 바쳐 지켜낸 애국지사들이 품었던 진정한 애국기이기 때문이다.

오늘 나의 계획은 수영장에 가서 체력테스트를 해보고 아점을 먹고 미용실에 들러서 염색을 하는 것이었다. 그런데 일이 어긋나버렸다. 오전 중에 전세로 내놓은 집을 보러 온다고 부동산중개사무소에서 전화가 와서 기다리기로 했다. 시간이 지났는데도 오지 않아 조금만 조금만 한 기다림이 정오가 되어버렸다. 전화를 해보니 온다는 사람들이 연락이 없단다. 그렇다면 미리 전화를 해줘야 하는 것은 부동산도 마찬가지다. 애먼 시간만 허비하고 공연히 다 귀찮아지게 만들어버렸다. 수영장도 아점도 미용실도 핑계거리가 생기니 다음에 하지로 마음이 돌아섰다. 게으름에 좋은 먹이 감을 던져준 꼴이다. 몇 번이나 일어나 나가보려 하긴 했지만 계획은 제 시간에 실행이 되어야 톱니처럼 맞물려 떨어지는 것이라고 한번 흐트러진 계획은 계획이 아니라고 쓸데없는 정당성을 부여한 채 주저앉았다. 몇 년 동안 안 하던 수영을 다시 하려니 귀찮음에서 쉽게 벗어날 수가 없을 것이다. 미용실에서 머리 염색 한 것도 3년이 지난 것 같다. 바꾼다는 것은 어렵다. 내친김에 해야 되는데 나는 아직 내치지가 않았나 보다. 이도 저도 못하고 라면 한 개 삶아 먹고 TV 리모컨과 레슬링 중이다.

이사 준비

뭔가를 해야 한다고 마음이 움직이면 미적거리며 시간을 끄는 성격이 아니다. 어제 오전 이미 한번 봤던 아파트에 다시 방문을 하고 좀더 세세히 살만한지 점검을 했다. 원하는 평수와 기준 층이 한 개 밖에 남지 않았다는 분양사무실 직원의 설명을 들으며 계약을 해야겠다는 결심이 서서 곧바로 계약서에 사인을 하고 계약금을 송금했다. 노은3지구의 마지막 아파트라고 봐도 무방하지만 택지지구의 가장 끝이라서 외진편이다. 반대로 조용하다는 장점과 산의 끝자락이어서 숲세권이라는 쾌적함이 마음에 들었다. 앞으로 두 달 내에 입주를 하면 된다는 시간적 여유도 결정을 쉽게 하는데 일조를 했다.

4베이 구조로 모든 방과 거실이 서남향을 향하고 있어 불을 켜지 않아도 햇볕이 잘 들고 실내가 밝다. 지금 살고 있는 집은 일단 전세로 내놓았다. 두 달

안에는 해결이 될 것이라 믿는다. 봄이 오면 이사를 단행할 수 있을 것이다. 어쩌면 그 전에도 가능할지 모른다. 완전히 새로운 환경에서 새로운 마음과 새로운 몸으로 내 남은 생을 출발해야겠다. 3월부터는 아침 수영도 다니고 자주 골프도 치면서 삶을 즐겨야겠다. 그렇다고 불쑥불쑥 우울해지고 가슴 찌릿거리는 그리움을 완전히 떨쳐낼 수는 없을 것이다. 생이 지속되는 한 먼저 보낸 아내의 그림자 속에서 다 빠져 나오지 못할 것이란 것을 인정하면서 살아가야겠다.

버리고 가야 할 가구들의 목록을 머릿속에 만들어 놓는다. 최대한 버리고 단출하게 생활을 할 생각이다. 장롱과 화장대 그리고 침대 하나와 책상 두 개, 서랍장 하나, 협탁 하나. 이것만해도 작은 트럭 한대 분량이다. 잡다한 것들은 날마다 큰 쓰레기봉투에 한 가득 구겨 넣어서 버리고 있다. 버려도 버려도 버릴 게 나온다. 너무 많은 것들을 쟁여두고만 살아왔다. 이사는 나에게 더 버릴 것이 없는 상태를 만들어주는 완성이 될 것이다. 이제 나답도록 나다운 삶을 시작하자.

막상 버리려 하면 망설여지기도 할 것이다. 버릴 줄 알아야 제대로 살 수 있다. 서랍마다 옷장마다 선반마다 쓰지 않는 물건들이 끌어내도 끌어내도 나온다. 몇 년을 사는 동안 구경도 못한 생소한 물건들이다. 무엇 때문에 이처럼 깊은 곳마다 쌓아놓고 살았는지 모르겠다. 내 기억에도 이처럼 쓸모 없이 방치된 채 잊혀진 부스러기들이 덕지덕지 붙어있을 것이다. 눈에 보이지 않는 것은 대부분 절실히 필요하지 않는 것이다. 필요하다면 어떻게든 찾아내서 적절한 곳에 쓰임새를 만들어줬을 것이다. 버려야 잊혀진다. 끌어안고 있으면 결코 멀어졌다고 할 수 없다. 잊었다고 생각하는 순간 어느 구석에서 불쑥 모습을 보일지 모른다. 잊고자 함이 간절할수록 많은 것들을 버리도록 하자.

익숙하지 않다

익숙하지 않다. 노력을 한다고 다 된다면 고생을 고생이라고 회피할 필요도 없을 것이다. 해보려 해도 안 되는 것이 대부분이기 때문에 고생이 값진 것이다. 시간이 흐르면 자연스럽게 적응이 되겠지 하고 무작정 기다렸다. 그러나 그렇게 되지 않는다. 되려 시간이 지날수록 깊은 바다로 가라앉는 느낌만이 강해질 뿐이다. 혼자서 생활한다는 것은 끊임없는 과거와의 전쟁이다. 단란했던 가족들과의 시간뿐만 아니라 의견충돌로 잦았던 싸움의 시간마저도 새록새록 그립다. 그야말로 지금은 각자도생이다.

봄이다. 개구리가 깨어난다는 경칩이다. 그러나 개구리는 경칩과는 상관없이 기온이 적당히 맞춰지면 본능이 주는 더듬이를 집고 겨울잠에서 깨어난다. 얼음이 녹지 않은 계곡물에도 논두렁 옆에 고인 수렁에도 개구리 알들이 새까맣게 부화를 기다리며 서로 엉켜있다. 산란시기가 예년보다는 10일정도 늦었다고는 하지만 북방개구리는 경칩이 오기 전에 이미 깨어서 번식을 시작했다. 추위가 혹독하고 길어 올 해는 봄 꽃도 10여일 많게는 20일 정도까지 늦게 개화한다고 한다. 사람이 정한 시절도 자연의 스케줄을 넘어설 수는 없다. 그러나 빠르고 늦다는 차이는 있어도 일어나야 할 일은 일어난다. 그 때를 시절이라고 한다. 그 시절에 해야 될 일을 놓아서도 놓쳐서도 안 된다. 나에게도 그런 시기다. 어떻게든 나를 새로운 환경에 맞춰내야 한다.

그렇게 마음을 다잡아도 혼자라는 건 익숙하지 않다. 익숙해지지 않는다. 텅 빈 공간만큼 무료하고 공허하다. 누구라도 나를 포위하고 있는 빈 공간에 자리를 내어주고 싶다. 매주 찾아가서 눈시울 뜨겁게 달구는 봉안당을 나서면서도 자꾸 뒤가 무겁다. 아내가 부르는 것 같아 멈칫멈칫 선다. 가슴 무너져서 얼얼해지는 날들이 무섭다.

3월의 눈꽃

비인 줄 알았다. 어둑한 새벽 창문 너머로 허끗하게 물방울이 맺혀있는 것이. 멀리 산 정상을 볼 때까지는. 눈이었다. 히말라야시다에 눈꽃이 맺혔다. 비처럼 나뭇잎에 앉자마자 녹아 내리면서도 쌓이고 쌓인다. 잠시라도 자신이 눈이라는 것을 보여주고 싶었나 보다. 한없이 푸근해진다. 오후가 되면 존재 자체를 지워버릴지도 모르지만 3월의 눈은 나무가 연습 삼아 미리 피워내는 꽃임을 인정한다.

봄에 반하다

날이 흐려도 봄은 봄이다. 벚꽃이 막 피기 시작하는 수통골 카페에 앉아서 일요일 점심나절을 습관처럼 시간과 함께 흐르고 있다. 몸을 움직여보려고 골프연습장에 가다가 하늘이 그윽하게 낮아지는 것을 보며 한동안 찾아가지 않았던 아내의 쉼터로 발길을 돌렸다. 이사를 마치면 곧바로 찾아가려고 했지만 짐 정리, 맘 정리를 하다 보니 녹초가 되었다. 꿈 속에 불편한 모습으로 자주 찾아오길래 안경이 필요한가 보다 생각하며 찾아가면 넣어주려 차에 가지고 다니던 뿔테안경을 입김을 불어 쓱쓱 닦아 들고 다시 꿈에 올 때는 밝게 보고 잘 찾아오라고 사진 앞에 놓아줬다.

슬픔은 딛고 일어나는 것이 아니다. 함께 섞여야 옅어지는 것이다. 벗어나려 할수록 더 깊어지고 상처가 되어버린다. 받아들이고 보듬어 안고 그 자체로 인정해줘야 한다. 그렇게 아주 조금씩 그리고 천천히 내 삶의 생살이 되어서 같이 늙어가는 세포 속에 담고 살아야 한다. 그래야 무뎌지는 것이다. 슬픔이 환하게 내 것이 될 때까지.

기왕 나온 차에 덥수룩해진 머리를 자르러 자주 가던 예전 집 앞의 미용실에 들렀다. 머리를 손질하고 뒷정리가 되어 있는지 이전의 집을 한 바퀴 돌아봤다. 낡은 벽지는 세입자가 들어오기 전에 의사를 물어보고 도배를 새로 해주어야겠다. 몇 푼 아낀다고 짜게 굴다가 나쁜 집주인으로 낙인 찍힐 필요는 없는 것 같다. 이사를 해오는 사람들도 새로 단장된 벽을 보면서 새로운 생활을 기분 좋게 시작할 것이다. 내가 좋아할 일을 다른 사람에게도 해주면서 살자.

늦은 오후부터 약간의 비가 올 것이라는 예보를 들었다. 이왕이면 미세먼지를 씻겨낼 수 있도록 조금 넉넉히 비가 왔으면 좋겠다. 피기 시작한 꽃들도 좋은 공기를 마시면 더 선명하고 예쁘게 피지 않겠는가. 하늘이 흐리고 낮아져도 기온은 20도에 근접해 있다. 얇아진 옷이 편하다. 추위를 느끼지 않아서 좋다. 추운 것은 질색이다. 개나리의 노란색과 진달래의 분홍과 목련의 새하얀과 구분되지 않는 매화와 살구와 벚꽃의 희면서 분홍빛이 도는 색들이 눈을 호강시켜준다. 사람들의 옷차림도 꽃들처럼 다양하다. 봄이 좋다.

카페엔 주인을 제외하면 나 혼자다. 서른 평 넓은 매장을 나 혼자 독차지하고 죽 때리고 있다. 호사한 시간이다. 잔잔한 음악소리가 봄기운을 가득 채워준다. 누구에게도 미안해야 할 삶을 살지 말아야겠다. 물론 나에게는 더더욱 미안할 일을 하지 않을 것이다. 오지 않은 미래를 염려하다가 지금 누리고 있는 시간을 놓치지 않도록 현재를 건드리며 살아야겠다. 봄에 반했다. 봄이 충분히 길었으면 좋겠다.

봄비 오는 금강 변에서

흐름이 빠르다. 눈에 보여야 흐름의 속도를 가늠할 수 있다. 보이지 않는 것의 속도는 추상적이어서 실감이 나지 않는다. 강의 목적지는 하류다. 궁극의 목적지는 바다와 몸을 합치는 것이겠지만 교접 이전에 하류에서 마음의 준비를 해야 할 것이다. 전혀 다른 세계로 들어서는 것은 목적 이전에 자신을 자신으로부터 탈각시켜야 하기 때문이다. 민물과 짠물의 차이는 눈으로는 분간할 수 없다. 미각을 주로 한 오감이 모두 동원되어야 한다. 같지만 완벽히 다른 물이 되는 것이다.

강물이 하류를 향해 달려가는 속도는 거의 같다. 그러나 수량이 많아지면 흐름의 속도가 빨라진다. 뒤에서 미는 힘이 강해지기 때문이다. 누군가 나의 등을 받쳐주고 힘껏 밀어주면 좋겠다. 비가 오는 금강 변을 우산도 없이 느릿하게 걸으며 참으로 쓸쓸하다. 혼자라는 것이 홀가분하기는 하지만 간혹 찾아드는 외로움에는 취약하다. 오늘처럼 비가 오는 한적한 길을 터벅거리며 걷다 보면 더없이 쓸쓸해진다. 인간은 어차피 혼자라고 위로를 하는 말에 동의는 하지만 깊이 수긍이 되질 않는다. 혼자여서 외로운 것이 아니다. 외로움이 혼자가 되게 한다.

강물을 따라 걷는다. 물은 부지런히 작은 바위를 넘고 큰 바위는 돌아 가면서 운명을 따라 불평 없이 가고 간다. 기다리고 있을 바다와 몸을 합치는 일이 간절한가 보다. 나도 누군가가 기다려줬으면 좋겠다. 오매불망 내가 오기를 키발을 딛고 손부채로 눈썹을 가리며 달려올 나를 안아줄 만반의 준비를 하고 있었으면 좋겠다. 그 품에 안겨 그와 마음 포개며 내가 품은 쓸쓸함을 무디게 해주고 싶다.

봄비는 그칠 기미가 없다. 빗물이 강물에 몸을 던지며 한 몸이 된다. 빗물에 쓸려온 벚꽃 잎이 연지곤지처럼 강물에 올라선다. 사랑했던 모든 것들이 사정없이 그리워지는 날이다. 다 처절히 오는 비 때문이다. 나에겐 낯설지 못한 불상사다.

오늘만 산다

내일은 내일 살면 된다. 오지도 않았고 실체도 없는 내일을 위해 오늘을 희생시키지는 말아야 한다. 내일의 계획은 오늘 잘 살아내야 실행할 수 있는 것이다. 내일을 위해 오늘 참고 하고 싶은 것을 하지 않으면 영원히 하지 못하는 것과 같다. 오늘은 지나고 나면 절대 돌이킬 수 없다. 시간이란 놈은 절대 뒤돌아가는 것을 허락하지 않는다. 매몰차기가 북극의 빙하보다도 차갑다.

오늘만 살기로 했다. 내일은 없는 것과 같다. 내일도 내일이 되면 오늘이다. 미래를 위해서 오늘을 살아가는 것은 이치에 맞지 않다. 미래도 오늘이 있기 때문에 개념으로 존재하는 것이다. 오늘만이 현실이고 현재다. 삶은 미래를 향한 희망이 아니라 오늘이라는 욕망을 해결하며 살아가는 것에 가치가 있다. 내일의 나는 오늘의 내가 아니고 존재할지도 의문이다. 현재가 미래의 주춧돌이 될 것이니 미래의 보다 나은 삶을 위해서 오늘은 절재하며 절약하며 단출하게 살아 라는 말은 빛 좋은 개살구와도 같은 헛소리다. 지금 가진 시간에 전부를 투자해야 다가올 시간도 다시 전력을 다해 살 수 있다는 말로 대체해야 한다.

할 수 있는 일을 미루지 말자. 하고 싶은 일을 다음으로 양보하지 말자. 해야 하는 일이라고 의무감 때문에 억지로 끌려가면서 할 필요는 없다. 지금 하지 않아서 생존에 심각한 방향타가 꺾이는 것이 아니라면 하지 말자.

나는 오늘만 산다. 내일도 오늘만 살 것이다. 나에게 주어진 모든 시간은 오늘이다.

그래, 안 돼

안 그런 척 미소도 머금어 보고
사람들에게 농담도 해보지만
괜찮지가 않다는 것을 알고 있다.
감추려 할수록 아리게 파고든
슬픔에 여전히 의지하고 있다.
그래, 이길 수 없다면 굴복해야지.
그래, 비껴 설 수 없다면 부딪쳐야지.

깊이를 파다

멀리 가진 말자. 손 망원경은 돌아보는데 한계가 있다. 아무리 멀리 보려 해도 시야가 막힌다. 제법 멀리 본다 해도 하늘이 허락하지 않는 범위를 넘보지 못한다. 가더라도 돌아서서 걸어온 길의 끝이 보이도록 만 가자. 보이지 않는 거리를 내가 온 거리라고 우길 수는 없다. 이미 잊혀진 거리다. 돌아서 뛰면 갈 수 있도록 만 가자. 기억에 남을 정도만 가자. 슬픔의 거리도, 희망의 거리도 닿지 못할 정도를 넘어서면 나에겐 이미 멀어져 버린 것이다. 서둘러 떠나다 보면 완벽한 행장이 갖춰지지 않는다. 챙겨야 할 것 중 큰 쓰임이 없는 것을 잊어버린다. 그러나 그 사소한 것이 가장 절실히 필요해지는 것이 여행이다. 자주 꺼내보면 사소한 물건의 부재가 얼마나 불편을 초래하는지 알게 된다. 곁에 있어도 존재감이 없던 것들이 갖춰져 있지 않으면 제일 꺼림직해 진다. 사람도 그렇다. 곁을 메워주는 체취가 엷어지면 평상시엔 그러려니 하면서 무시하게 된다. 그런데 말이지. 평상의 거리를 벗어나면 그 체취가 나를 나로 살게 한 뼈대였다는 걸 절감시킨다. 한 수 정곡을 찌르는 깨달음을 얻는다. 멀리 보지 말고 옆을 보며 살아야 한다. 지금의 나를 있게 한 것은 적당한 거리였다. 넘지 말아야 할 경계를 넘보면서도 더 이상 가지 않는 것. 현재를 포용하는 것. 그 이상을 원하다 결국 잊혀지고 버림받는다. 깊이는 결국 거리다. 파고들어야 할 이유가 있을 때만 파야 한다. 더 파다가 자신의 무덤을 파서는 안 된다. 욕심이 자신을 묻게 된다. 깊이에 묻어도 될 만큼만 파라. 자멸의 깊이를 염탐할 필요는 없다.

백합에게

사람의 일은 하늘도 알지 못한다. 그렇게 될 것이란 말은 흔한 예상일 뿐이다. 하늘이 정할 수도 없고 알지도 못할 사람의 일을 해나가는 것은 결국 개인이 품은 의지다. 나에게 머물러 있거나 솟아나는 욕망을 나는 의지라 포장을 한다. 그 의지를 들쑤시고 띄워보며 포장지를 단단하게 싼다. 의지는 헛되이 새어나가면 안 된다. 분산돼서도 안 된다. 반드시 쓰일 곳에 집중되어야 한다.

새로운 의지를 생산해냈다. 머물지 못하고 떠돌던 생각들을 집약시킨 것이다. 방향을 정하지 못하고 오락가락 할 때는 중심에 다다르는 것이 난해한 일이다. 쓸모 없이 시간을 낭비한다. 정열을 발산할 수가 없다. 한동안 나는 그렇게 변방을 기웃거리며 나를 소모시키고 있었다. 뚜렷하게 이루고자 함이 없었기 때문이다. 되는 대로, 가는 대로, 되면 좋고 안 돼도 그저 그렇고. 어정쩡하게 나를 방목하고 있었다. 그러다 어느 순간 방치된 나에게 이미 마음이 정해져 있다는 것을 발견하고 말았다. 운명처럼 자각하지 못하는 사이에 마음 속에 품고 있었던 것이다. 모른 채 했는지도 모르겠다. 자신이 없어서 혹은 지극히 소심해서.

　이제 다가가려 한다. 이뤄보려 한다. 운명이면 어떻고 우연이면 어떤가. 맺고 싶다는 의지가 생겼다는 것이 좋다. 한바탕 내 모든 의욕을 발산하는 행복을 누려야겠다. 생긴 것 보다는 진한 향기에 취해서 살아봐도 좋겠다는 생각이 든다. 망설이다 하지 못하면 놓치는 것이다. 다가서다 이뤄지지 않으면 실패한 것이다. 놓치는 것 보다 실패하는 것이 낫다. 하지 않는 무기력의 시간과 작별을 하고 싶은 것이다. 화사하게 피어있는 너에게로 다가가 쪼그리고 앉아 일어서고 싶지 않다.

바닥에 대하여

막다른 곳에 도달해서 더는 앞으로 나갈 수 없다고 느낄 때 막막함 뒤에서 언뜻 비치는 출구의 흔적을 찾게 된다. 놓쳤다고 여기며 포기가 될 때가 어쩌면 집착에서 벗어나 새로운 길을 발견하는 최적의 시간인지도 모르겠다. 다만 자신을 완전히 놓지 않고 어떤 난관이든 깨고 나가겠다는 희망을 버리지 않아야 보인다는 것을 잊지 말아야 한다.

희망은 그런 것이다. 포기 하지 않는 것. 잃어버리지 않는 것. 방치하지 않아야 하는 것. 희망을 등한시 할 때가 가장 슬픈 시간이다. 희망을 품고 있지 않는 시간은 살아있는 시간이 아니다. 누구에게나 희망은 있어야 한다. 희망 속에서 숨을 쉬고 있어야 한다. 희망이 없으면 송장과도 같다.

바닥에만 가라앉아 있던 시간이 있었다. 길고 힘겨운 시간이었다. 잃지 말아야 할 사람을 떠나 보내고 해체하지 말아야 할 울타리를 무너뜨리고 나는 자책마저도 사치라는 것에 절뚝거려야 했다. 혼자가 되었다는 것보다 혼자로서 살아가야 할 날들이 두렵고 막막했다. 어디로 가야 할지, 무엇을 해야 할지 목적을 세울 수가 없어졌다. 누군가를 위해서 사는 것은 쉽다. 대상이 명확하게 정해져 있기 때문에 망연할 일이 없기 때문이다. 나를 위해서 살아본 적이 없었다는 것을 알게 되었다. 나를 위해서라는 말이 낯설어서 받아들여지지가 않았다. 그렇게 방향을 상실하고 나는 나의 바닥을 만들고야 말았다.

일어나기도 싫고 나갈 길을 찾기도 싫었다. 오로지 낮고 긴 한숨만을 쉬면서 삶이 괴로웠을 뿐이었다. 바닥에 등을 대고 멀뚱멀뚱 공허한 눈동자를 감았다 떴다만 반복했다. 모든 불행을 다 품에 안고서 나는 그렇게 바닥에 떨어져서 죽어가고 있었다. 그러다 문득 통증을 느꼈다. 생경한 느낌이었다. 등이 결리고 팔 다리가 떨렸다. 어깨와 등의 선을 잇는 한가운데, 손이 닿지 않는 부분에서 시작한 아릿한 느낌이 점점 범위를 확장해 등이 골고루 통증을 호소했다. 등의 아픔은 팔과 다리로 퍼져갔고 손바닥과 발바닥을 저리게 만들었다. 아픔이란 놈이 살아있다는 감각을 되살려 놓은 것이다. 한 손으로 다른 한 손을 주물렀다. 두 손으로 팔과 다리를 주물렀다. 살과 살의 접촉이 만들어내는 감촉이 전신으로 퍼지며 저릿한 쾌감을 주었다. 뇌가 반응을 하고 일어나 앉았다. 궁둥이를 들썩이다 바닥에 손을 집고 일어섰다. 좀 더 높은 상층부의 공기가 폐 속으로 밀려들어왔다. 개운하다는 생각이 나를 깨우기 시작했다.

바닥은 사실 실체가 없다. 의식이 절망에 빠질 때 바닥은 만들어진다. 스스로가 만들고 스스로가 빠져들어 간다. 강제로 만들어져 나 아닌 다른 사람도 알고 있는 바닥은 바닥이 아니다. 그것은 단순한 장애물일 뿐이다. 인지된 장애물은 넘어가면 된다. 부시고 가면 된다. 바닥은 미로이기도 하고 막다른 길과도 같다. 나아가고 싶은데 나갈 수 없는 장벽에 둘러싸이는 것처럼 바닥은 일어나지 못하도록 진득하게 접착력이 강하다. 막다른 길을 깨고 나갈 수 있는 것도 바닥을 딛고 일어서는 것도 자신 속에 남은 한 점 희망이다.

바닥에 누워 있는 시간이 길어지면서 몸이 주는 통증의 신호를 희망의 잔재로 받아들이게 됐다. 바닥에 있을 때가 자신을 내려놓고 돌아볼 수 있는 최고의 순간이라는 깨달음이 그 때 찾아왔다. 절망이 절망을 깰 수 있다는 역설은 궁할수록 절박해진다는 오기인 것이다. 그 난해한 깨달음은 나를 번뜩이는 이성을 붙들게 만들었다. 오랜 시간 바닥에 있어 본 사람만이 희망의 절대가치를 얻을 수 있다. 아파 봐야 얼마나 통증의 강도가 깊은지 알 수 있는 것처럼 바닥은 정신적인 충격이 사람을 얼마나 깊은 나락으로 밀어 넣는지 알게 해준다. 바닥에서 처해진 현실을 낱낱이 곱씹으며 자신을 학대할 수 있을 만큼 학대해 본 사람은 생의 진화를 한 단계 빨리 시작할 수 있다. 죽음과도 비견될 아픔에 처해보면 껍질을 깨고 다른 세계로 나갈 수 있게 된다.

힘에 붙어서 모든 것을 결박해서 버리고 싶었을 때 더 이상 버릴 것이 남아 있지 않다는 것을 알았다. 이미 견딜 수 없다고 나를 등진 순간에 버릴 것도 없이 삶의 시간을 빼앗겨 버린 것이다. 가진 것이 없으면 용감해 진다. 무모해진다고 해도 좋다. 거칠 것이 없어 무서움도 없어진다. 뭐든 저지를 수가 있다. 아무것도 안 하는 것은 가진 것에 만족하고 있다는 반증이다. 이제 무엇이든 하고 싶어졌다. 바닥이 있는 것은 더 이상 빠져들어갈 수렁이 없으니 딛고 일어서라는 것이었다. 내가 머물렀던 바닥을 짚어본다. 살아온 잔해들이 흥건하다. 빠져나갈 고역스런 사건과 잊어야 할 시간들이 오물처럼 바닥에 나 뒹군다. 사는 시간 동안 다른 바닥에 엎드려야 할 때가 없으리라 자신하지는 못하겠다. 그때가 오더라도 팔 다리를 주무르며 또 일어나면 된다. 그리하여 무엇이든 하면 된다.

하고 싶다고 다 할 수는 없다. 이루고 싶다고, 가지고 싶다고 전부를 내 것으로 만들 수 있는 세상이 아니다. 하고 싶으면 하고 이루고, 가지고 싶으면 부대껴 보는 것이다. 되면 좋고 안돼도 나쁠 것은 없다. 밑져야 본전이다. 어차피 죽을 때 가져갈 수 있는 것은 세상에 아무것도 없다.

조금은 우울하게 살아도 돼

한 달 동안 일한 대가를 받는 날이다. 즐거워야 하는데 우울한 날이다. 의무를 다해야 하고 끝나지 않을 굴레를 돌아야만 한다. 숫자를 이체 받고 이체하고. 숫자는 잡히지 않는 감정의 폭이 됐다. 잠시 머물다 간 흔적이 허무하다. 내 삶이 숫자에 갇혀 있다. 내가 아닌 숫자로 평가 받고 대우가 달라진다. 이 짓을 평생 해야만 하다니. 이합집산 하는 숫자의 등고선을 오르내리며 떠나간 사람과 흩어진 가족이 아직도 나의 굴레다. 살아가는 한 어쩔 수 없다.

순댓국과 오소리감투 한 접시를 시켜놓고 나를 위로하기 위해 소주도 한 병 시킨다. 소식이 몸에 베인 내 식사량으로는 반의 반도 먹지 못할 양이다. 그래도 한 끼의 식사로 지침을 털어보고 싶다. 천천히 먹을 수 있을 만큼만 먹을 것이다. 숟가락을 들었다 놓고 젓가락을 움직이다 보면 고단한 생각들이 손톱만큼은 달아나지 않겠는가. 과하게 나를 방치해보는 거다. 처진 어깨를 스스로 토닥이며 조금은 우울해도 상관없다. 우울하면 울어도 된다고 나에게 속닥여준다. 결리고 움츠러드는 나를 안아줄 사람이 없으니 내가 나를 보듬어줄 밖에. 출입문을 등지고 구석진 자리에 앉아 나에게 무언의 대화를 시도한다.

한동안 울지 않았다. 잘 참으며 살았다. 오늘은 우울을 핑계로 쬐금 울어야겠다. 괜찮다고 살만하다고 웃어 보이면서 사람들을 속이며 살고 있다. 전혀 괜찮지 않고 살만하지도 않다. 억지 웃음을 보이는 것도 힘겹다. 밤이 되면 밀려드는 고요에 적응하지 못해서 걷고 걸으면서 몸을 혹사 시킨다. 잠 못 이루며 밤을 세우는 것이 무섭기 때문이다. 잠을 자기 위해서란 핑계로 입에 대기 시작한 반 병씩의 소주가 습관성으로 굳어져버렸다. 우울하지 않다고 우겨도 나 자신까지 속일 수는 없다. 이제 있는 그대로 조금은 우울하게 살아도 된다고 소주잔을 손가락 사이에서 돌리며 말해준다.

역지사지

"접니다."

"일을 어떻게 하는 건가? 게으른 건가, 무능한 건가."

전화기 너머에서 들리는 목소리에 짜증이 덕지덕지 엉켜있다. 속이 울렁인다. 묘한 감정들이 일어난다.

"그게 아니라……. 일이 어떻게 된 거냐 하면요!"

일의 전말을 설명하기 위해 차분해지려고 서두를 꺼내 든다. 그러나 곧바로 들려오는 말의 총알이 가슴에 직격으로 박힌다.

"그게 아니긴 이 사람아, 민원이 발생했다는 것은 담당자가 나태하거나 무사안일 하다는 반증인거자나."

"내부 절차에 따라서 일을 진행하다 보니 당사자간 분쟁이 있어 조율이 늦어지고 있었던 사안입니다."

내 말도 들어달라고 일어난 일의 경과를 빼고 결론부터 말해놓는다. 그러나 아무런 소용이 없다.

"변명 듣고 있을 시간 없으니까 상세 경위서 작성해 보내줘."

전화기를 내려놓고 눈을 감고서 생각해 본다. 나는 어떤 모습이었는가.

상대방의 말을 먼저 들어주려 하지 않고 일방적으로 내 감정에 충실하기만 하지 않았는가. 내가 하고 싶은 말을 앞서 한다는 것은 감정적 대응에 치우쳤다는 것이고 그 만큼 상대방에 대한 배려를 멀리 했다는 반증이다.

자신의 의견을 관철시키기 위해서 누구나 부단히 노력을 하면서 산다. 상대방과 대화를 하는 이유도 결국은 내가 하고자 하는 바를 하고 싶어서다. 상대방을 아무리 고려한다고 할지라도 온전히 상대를 위해서만은 아니다. 자선적인 삶만을 살기 위한 삶이 아닌 이상 자신이 최우선적 위치에 있어야 한다는 것은 당연한 것이다. 그렇다고 하더라도 일방적이면 안 된다. 절충과 조화가 필요하다. 5대 5 일 수도 있고 6대 4 일 수도 있다. 비율은 서로를 위한 적정선의 양보의 선이면 된다. 나의 비율이 낮다고 내가 하고자 하는 일을 하지 못하는 것은 아니다. 반대로 상대의 비율이 높다고 상대가 원하는 바를 충분히 이룬다는 보장도 없다. 양보의 선은 감정의 선이라고 해도 무방하다. 서로가 감정에 상처를 입지 않고 물러서는 선이어야 한다.

누구나 자신이 하고 싶은 말과 행동을 먼저 하고 싶어 한다. 먼저 해야 많은 것을 양보 받을 수 있다는 선입견이 지배한다. 잘못된 편견이다. 진정한 대화의 고수는 자신이 원하는 바를 먼저 발설하지 않는다. 상대방으로 하여금 충분히 자신의 말을 다 할 수 있는 시간과 기회를 준다. 두 귀를 활짝 열어놓고 들어주고 수긍의 제스처를 무한 반복해 준다. 상대방은 경청의 그물에 걸려 자신의 속마음을 다 털린다. 그 때가 나를 상대방의 마음 속 세상으로 밀어 넣을 때다.

이미 밑천을 다 드러낸 상대는 속수무책으로 말을 빨아들일 수 밖에 없다. 자신을 잘 이해해 주었다고 믿기 시작했기 때문에 거부감이 없다. 긍정적 관계를 구성해 놓으면 언쟁을 할 필요가 없어진다. 거부감 없이 서로를 이해하고 이견의 폭을 좁혀 들어가게 된다. 말 싸움을 할 필요가 없으므로 관계에 상처가 날 일이 없다. 고수는 상대를 빛나게 해주고 자신의 실리를 챙긴다.

이러한 대화법은 이론적으로 충분히 배워왔고 납득을 한다. 많은 책들에서, 세미나에서, 강의에서 듣고 배웠다. 그러나 실 생활에서의 실천은 만만치가 않다. 감정 조절이 쉽지가 않기 때문이다. 상대방의 의견을 잘 들어주다가도 전혀 받아들일 수 없는 주장을 서슴없이 하는 말을 듣게 되면 순간적으로 불끈 반발심이 일어나 하지 않아야 할 말을 대뜸 해버리기 일수다. 그래서 감정을 속일 수 없는 평범한 사람인가 보다. 배운 대로 안 된다. 대화의 고수가 못 된다.

감았던 눈을 뜬다. 불안정했던 감정이 누그러졌다. 경위서를 쓴다. 일의 맨 처음으로 돌아가서 현재까지 차근차근 거슬러 올라온다. 민원을 제기했던 사람의 입장이 조금씩 보인다. 그 때 그의 입장을 좀 더 배려해줬더라면 이 지경까지 오지 않았을 것인데. 나의 잘못된 감정적 대응이 보인다. 경위서를 쓰는 것도 나쁘지 않다. 시초로 돌아가서 세세하게 일의 경과를 밟아 오는 동안 역지사지의 진실한 의미를 새기게 된다. 매 순간을 상대의 입장에서 살 수는 없다. 우선은 나의 입장이 중요하기 때문이다. 사람이라면 그래야 인간적이다. 그렇다고 할지라도 되돌아 보는 시간을 갖는 동안 반성할 수 있는 사람이 될 수 있어야 한다. 반성이 없는 사람은 절대 인간적이지 못한다. 지금부터 그의 입장에서 일을 진행해 줘야겠다.

폭염경보

여름이 더워야 한다는 것에 동의한다. 겨울이 겨울다워야 한다는 것에 동의하는 것과 마찬가지 정도의 동의다. 겨울이 춥지 않으면 생태계에 이상현상이 생기게 된다. 활동을 멈추거나 사라져야 할 미생물이 이상증식을 하게 되고 살아남아 다가올 봄을 봄답지 못하게 한다. 여름도 마찬가지다. 여름이 제 역할을 하지 못하면 가을이 가을답지 못하게 된다. 뜨거운 태양 볕은 사람들에게는 곤혹스러운 환경을 제공하지만 광합성의 양에 따라 달라지는 식물들의 영양활동을 활성화시킨다. 물론 추위도 더위도 지나치면 일시적인 부정현상이 나타나게 된다. 그렇다고 하더라도 제철이라는 말에는 제 역할을 다 한다는 뜻이 함축되어 있음을 간과하지 말아야 한다.

폭염주의보에서 폭염경보로 넘어간 날이 지속되고 있다. 장마가 온 듯 가벼린 이후 슬며시 자리를 굳혔다. 두어 차례 태풍이 이름을 알렸지만 기대만큼 비와 바람을 퍼붓지는 않았다. 폭염주의보는 33도 이상인 날이 지속되고 열지수가 32도 이상이면 내려진다. 열지수란 기온과 습도를 고려하여 실제 사람이 덥다고 느끼는 정도를 수치화한 것이다. 열 지수는 실제로 그늘에서 측정하는 것이기 때문에 온도보다 햇빛에 노출되어 느끼는 더위에 대한 강도가 훨씬 높다. 온도가 더 올라가고 열지수가 더 높이 지속되면 경고가 상향 발효된다. 폭염경보는 기온이 35도 이상이고 열지수가 41도인 날이 지속되면 발령이 된다.

한반도 주변의 여름은 고온 다습하다. 온도는 높아도 습도가 낮아 그늘에 들어가면 시원한 서남아시아나 동유럽의 더위와는 사뭇 다르다. 습도가 높다 보니 불쾌지수가 치솟는다. 가만히 있어도 짜증이 난다. 온도보다도 습도가 문제다. 일사병과 열사병이 구분도 애매하게 사람들의 정신을 분열시킨다. 열과 습도가 일으킨 온열병이 사회문제로 대두된다. 쪽 방에서 생활하는 독거노인들의 애환이 해마다 뉴스화 된다. 그것도 일년에 두 번쯤이다. 한파경보가 내려졌을 때, 폭염경보가 발령되었을 때다. 고통이 극도로 가해져야 관심을 가지는 언론의 행태를 탓 하고자 하는 것은 아니다. 망각이 문제인 것이다. 누구나가 안다. 기온이 높거나 낮은 날이 지속되면 소외되거나 불편한 생활조건에 처한 사람들이 견디기 힘겹고 이길 수 없는 싸움을 하고 있다는 것을. 충분히 인식을 하고 있으면서도 관심으로부터 배제하는 것이 망각이다. 기억하고 있으면 불편하기 때문이다. 신경을 써야 하고 무엇인가 행동을 해야 한다는 책임감이 부담스럽기 때문이다. 그런 면에서 보면 망각은 회피로부터 시작된 기억단절이라고 해야 할 듯 하다.

지구온난화로 인해서 여름과 겨울이 혹독해지고 있다고 한다. 이러다 봄과 가을은 점점 짧아지고 없어질 것이라고 한다. 실감을 하고 있다. 봄은 왔나 싶으면 여름 속으로 빨려 들어가 있고 가을이다 싶으면 금세 추위에 파묻힌다. 사계절의 경계가 명확하지가 않다. 여름의 더위와 겨울의 추위가 맹렬해지고 있다는 것은 그만큼 환경파괴가 심각해졌다는 것이고 온난화가 가속되어 회복불능 상태에 빠져들어가고 있다는 결과라는 것을 모두가 다 안다. 그럼에도 인류는 더 좋은 삶을 위한다는 구실로, 더 낳은 편의를 위해서 자연을 훼손하는 죄를 멀리하지 못한다. 현생을 위해서 미래의 생을 도외시한다. 자연에게 죄의식을 갖는 것이 자신을 불편하게 하는 것임에 굴복하고만 것이다.

전국에 폭염경보가 내려진 오늘이 공교롭게도 초복이다. 복 다림을 하러 왔다. 중복과 말복은 그냥 넘어가더라도 복이 시작되는 초복은 왠지 그냥 지나칠 수가 없다. 36도가 넘는 날씨에도 불구하고 복날의 시작을 기념이라도 하려는지 사람들이 보양식당으로 몰린다. 주차장을 빽빽이 메운 차들 속에서 터져 나온 사람들이 삼계탕 집 앞에 줄을 선다. 미리 예약을 하고 갔어도 시간차 때문에 땀을 흘리며 잠시 대기해야 한다. 와이셔츠 깃을 느슨하게 젖히고 테이블에 앉아서 뜨거운 삼계탕과 오리백숙을 먹는 사람들이 버글거린다. 땀을 뻘뻘 흘리면서도 '복날은 이래야 한다'며 숟가락질을 멈추지 않는다. 이열치열이다. 폭염경보에 땀 경보를 더하며 더위에 대항한다. 동종의 극과 극은 서로 통하는 모양이다. 땀 범벅 기름범벅인 사람들을 보면서 실소가 난다. 식당 안의 열기나 열사의 밖이나 별반 차이가 없다. 보양식을 먹는 것인지 보양식에 먹히는 것인지 모르겠다.

밤에도 30도를 웃도는 열대야가 얼마나 더 지속될지 알 수가 없다. 해마다 점점 더 길어지고 있다는 것을 통계적으로 알뿐이다. 이번 여름도 지난 여름보다 더 길고 더 뜨거울 것이 뻔하다. 창문을 다 열어놓아도 시원하지가 않다. 어둠도 눅눅한 열기를 품고 있다. 찬물에 샤워를 해도 잠시뿐이다. 냉장고에 쟁여 둔 맥주 캔을 마셔도 그 때뿐이다. 더위를 이긴다는 생각은 접은 지 오래다. 단지 적응을 위해 안간힘을 쓰고 있다. 세월에 이력이 붙으면서 이겨가며 살 수 있는 것들이 줄어든다. 맞춰가며 사는 것이 편하다. 싸울 일을 만드는 것이 귀찮다. 조금 더 양보하고 섞여 들어가는 것이 마음 상하는 일을 만들지 않는다. 폭염경보에 맞춰 살 수 있도록 적응경보를 권장한다.

외로워져야 사람이 보인다

편하고 즐거울 때엔 사람이 보이지 않는다. 정확히는 사람의 본성을 볼 수가 없다. 좋은 것이 좋을 것이기 때문이다. 본성을 보려 한다는 것은 심력이 많이 소모되는 일이다. 장점 보다는 단점이 더 쉽게 보이고 더 많이 보인다. 한 번 보게 된 단점은 좀처럼 장점 속에 묻히지 않고 점점 단단해진다. 사람을 본다는 것은 공교롭게도 장점을 먼저 찾는 것 보다 단점을 파고들게 된다. 따라서 자신이 아무런 문제가 없이 평온할 때에는 사람을 자세히 보려고 하지 않게 된다. 공연히 불란을 일으키고 싶지도 않을 것이고 의심스런 마음을 세워 평온에 파문을 일게 하지 않고 싶은 것이다. 힘있는 사람의 주변에 사람이 꼬이는 것은 그 힘을 이용하거나 영향력 아래서 이득을 취하기 위해서다. 최소한 자기를 보호하려는 의도가 없다고 할 수 없다. 편하고 즐거운 사람이 힘이 있는 사람이다. 그런데 아이러니 하게도 힘이 있는 즐거운 사람은 모여드는 사람들을 자세히 보려 하지 않는다.

살아감에 문제가 없을 때에 알게 된 사람은 그저 편하면 족하다. 갈등의 관계를 맺고 싶지 않아서다. 누구나 불편한 관계를 만들고 싶지 않다는 것은 똑같다. 모자람 없고 느긋한 생활을 구축하고 싶다. 그런데 이게 맘내로 안 된다. 참으로 어려운 일이다. 산다는 일에는 부족함이 도처에 있다. 부족을 메우기 위해서 이리저리 기웃거린다. 부족을 방치하면 부재로 굳어져 불행하다고 여겨진다. 삶이 전쟁터가 된 이유다. 나에게 부족한 것은 옆 사람이 가지고 있는 경우가 많다. 나에게 남는 것을 그렇다고 옆 사람에게 나누어줄 마음은 없다. 나눔은 빼앗김으로 여겨진다. 내가 가져오는 것은 정당한 획득이고 내 몫을 챙기는 것이다. 실상은 옆 사람의 것을 빼앗아 오는 것인데도 말이다. 내가 가지고 싶은 것은 옆 사람도 가지고 싶어 한다. 가능하면 더 많이 더 빨리 가지고 싶어서 노력이라는 욕심을 발휘한다. 다툼이 없을 세상이 아니다.

다툼이 사람을 외롭게 한다. 부족한 것이 많을수록 외로움도 깊어진다. 부족을 공유하고 부족을 메우기 위해서 사람들은 모이고 싶어한다. 외로움을 덜어내고 싶기 때문이다. 그러나 외로움은 공유할 수 있는 것이 아니다. 부족을 공유하면 할수록 부족의 덩어리는 커지기만 한다. 나눠지지 않는 외로움에 허덕일 때 사람이 보인다. 공유할 수는 없으나 보충할 수 있는 방법이 보인다. 서로가 부족한 것이 조금씩은 다르고 양과 질의 차이가 있음이 보인다. 비로소 자신이 가지고 있는 불필요한 잉여가 다른 사람에게는 간절한 부족일 수도 있다는 것을 알게 된다. 다툼은 보충으로 해소되기 시작한다. 외로워져야 사람이 보이는 것이다. 외로울 때 알게 된 사람이 진실한 삶의 동반자가 될 수 있게 되는 것이다. 지금 외롭다면 외로운 사람을 만나도록 하자. 내가 가진 잉여를 넘겨주고 그가 품고 있는 잉여를 넘겨받자. 서로를 보충해주자. 나의 외로움과 그의 외로움이 합해져 함께 살아갈 수 있는 뜨거운 눈물이 될 것이다.

　이제 소리 없는 아픔에게 나를 맡기는 것을 그만 두기로 한다. 나는 연기자일 뿐이다. 감독이 주관하는 시나리오를 따라 말을 하고 표정연기를 하며 산다.연기자가 아닌 연출자였다고 착각하고는 했지만 결국 내 역할은 정해진 대로 정한 상황극 속을 벗어나지 못하는 거였다. 그러나 짜인 글 속이 얼마나 안락한 것인가. 제한된 자유가 얼마나 해방구였던가 사무치게 느낀다. 나의 부족은 지나치게 독자적으로 나의 역할을 해석하고 싶은 데서 비롯되었다. 받아들이며 살자. 작은 역할에는 작은 소리를 내고 거칠어져야 할 때는 광폭해지고 기를 쓰며 현재보다 먼 곳을 보며 살지 말자. 있는 그대로의 나를 표현하는 외로운 연기자로 살자.

제3장
멀리 있어서 간절한 거다

아무것도 아닌 순간은 없다

누군가 묻거든 말해주자.

"아무것도 아닌 순간은 없었다고."

"나여서 나는 좋았다고."

"지금도 나로 살아가고 있어서 꿈꾸는 것처럼 혼몽하다고."

갑자기 우울해지거나 생이 의미가 약해진 적은 있었다.

기복이 심한 감정의 산맥을 오르내리기도 했었다.

그러나 단 한 번도 나에게서 멀어져 본 적은 없다.

나는 여전히 나로 살아왔고 살아갈 뿐,

다른 무엇이 되고 싶은 생각은 품어보지 못했다.

다급하게 나를 바꾸고 싶어서 늘 가던 길을 벗어나

전혀 생소한 길을 배회하다 돌아오기도 했다.

기어오를 수 없는 절벽 앞에서 망연해 한 적도 있다.

더는 나아갈 수 없는 낭떠러지 끝에서 가슴 서늘해져 주저앉기도 했다.

그렇다 해도 결국 나는 나에게로 돌아오는 길을 잊지 않았다.

어디를 향해 있건, 어디를 가건

한 차례도 내 존재의 당당함을 잃을 수 없었다.

어떤 순간도 나였고 모든 시간의 중심에 내가 있었기 때문이다.

아무 때나 물어와도 나의 답은 하나다.

"나로 살 수 있어서 모든 순간이 경이롭다고."

밤이 오는 길목을 지키며

너를 놓아준 지 짧지도 길지도 않는 날들이 지났다. 시간은 느리지만 후퇴하는 일 없이 순리대로 흐른다. 그 흐름에 몸과 마음을 실어보려 무던히 애를 쓰지만 만만하지가 않다. 설날 성묘를 마치고 고향 친구들을 만나 시답지 않은 어린 시절을 회상하고 쓸데없는 현실 정치와 나라경제, 서민살이까지 중구난방으로 이야기를 넓혀보기도 했지만 결국 변방에 선 자들의 보잘것없는 불평일 뿐이었다. 찻잔에 부는 태풍이란 걸 알면서도 우리는 어정쩡하게 나이 들었다는 코스프레나 하고 있었다. 바람이 잦아든 연휴 마지막 날에 기모내의를 입고 목도리를 칭칭 동여매고 골프를 치면서도 하루를 멀리 보내버릴 수 있다는 것에만 만족해야 했다.

하루의 햇빛이 산 뒤로 숨기 시작하는 저물녘이면 항상 나는 같아진다. 떨리는 가슴이 십사리 진정되지 않고 처절히 외롭다. 크게 유투브의 노래를 틀어놓기도 하고 핸드폰에 저장되어 있는 노래들을 손가락으로 클릭해 들어봐도 그때뿐이다. 음악이 멈추면 저절로 한숨에 묻히고 숨이 막혀온다.

곧 어둠이 짙어지기 시작하겠지. 홀로 어둠을 이겨내야 한다는 것이 무섭다. 나이가 들수록 밤이 더 무서워진다. 시간이 더디게 가기 때문이다. 고층 아파트에 하나 하나 불이 켜지는 것을 지켜본다. 모두 어둠 속에 있고 싶지 않아서 불을 밝히고 있다. 넓은 베란다 창문 밖이 점점 보이지 않는다. 산 그림자가 눈앞까지 내려왔다. 곧 능선의 실루엣만 남기고 밤 속으로 몸을 감출 것이다. 나도 내 안에 휘돌아 치고 있는 고집스런 고역으로부터 나를 피신시키고 싶다.

아직 나는 너의 그늘에서 자유로울 수가 없다. 무얼 해도 어떤 시간 속에 있어도 거기엔 니가 함께 있다. 그래서 가슴 저리고 마음 찢어진다. 오늘도 나는 밤이 오는 길목을 이렇게 대책 없이 맞이한다.

환절기 감기

봄은 기다리지 않아도 어김없이 온다. 혹독하던 바람과 기온이 벌써 멀리 물러간 듯 하다. 2월 말이 다가오자마자 날이 훈훈하고 바람도 제법 안고 걸을 만하다. 영상 10도를 근접하거나 넘어서는 날이 많아지고 있다. 부산 통도사에는 이미 홍매화가 꽃잎을 벌리고 있다는 사진 편지가 온다. 제주도엔 이 보다 먼저 동백이 피고 지기를 하고 있고 조만간 유채 소식이 올 것으로 보여진다. 봄이 온다. 어쩌면 이미 와서 숨 고르기를 시작했는지도 모르겠다.

어떤 고된 시간 속에 있어도 올 것은 오고 될 것은 된다. 안달하며, 다그치며, 기다리며 자신을 닦달할 필요는 없다. 따뜻해지는 기온 때문에 방심하고 러닝차림으로 잠을 잤더니 아침에 일어나자마자 콧속이 신호를 보내온다. 가볍게 시작된 재채기가 새벽 찬바람을 맞으니 강도를 더 해온다. 봄이 왔으니 됐다. 이정도 가벼운 감기는 즐거운 마음으로 앓아도 될 것이다.

추스르지 못하고 앓아 누울 정도가 아니면 나를 조금은 긴장시키고 방심하지 말라는 다독거림으로 받아들이면 좋을 일이다. 휴지를 뽑아 시원하게 코를 풀듯 겨울을 내 몸 밖으로 배출해도 될 환절기다.

꽃 몸살

그렇다. 한동안 몸이 제자리를 찾지 못했다. 몸은 마음의 출구다. 허한 마음
이 오랫동안 지속되더니 결국 몸을 뒤흔들어 놓는다. 혹독하던 겨울 추위에도
버티던 몸이 가벼운 줄 알았던 감기에 무심했던 것이 발단이었다. 하루 만에
증세가 깊어진다. 코를 간질거리는 재채기가 잦은 기침으로 진화했다. 곧 가래
가 그렁그렁할지도 모르겠다. 머리가 몽롱해서 기억의 바닥을 유영하는 것 같
다.

충혈된 눈에 인공눈물을 집어넣어봐도 눈알이 빠질 듯 무겁다. 잠을 이루기
위해 따뜻하게 데워 마셨던 우유는 아침이 되자 화장실을 들락거리게 만든다.
몸에 남은 진을 이곳 저곳에서 다 빼버릴 모양이다. 이 참에 속에 쌓인 불순물
들을 다 빼버리는 것도 나쁘지 않겠다고 자조를 한다. 올해는 그냥 지나가려나
했던 감기몸살에 지나치게 방심했나 보다. 날이 따뜻해지는 순간 훈풍에 말려

든 꼴이다.

이제 앓을 만큼 앓아야 제대로 된 봄을 맞을 것이다. 일부러 불편을 회피하려 약을 먹고 병원에 다니지 않을 생각이다. 해마다 앓았던 봄맞이를 건너 뛰려고 했던 것이 잘못된 생각이었다. 봄이 할 것은 하고 자신을 맞이하라고 면박을 주는 거다. 정당한 대가를 치르지 않으면 제대로 된 봄을 맞을 수 없다는 경고다.

곧 꽃이 필 것이다. 내 몸이 꽃을 맞이하기 위해 몸 상태를 만들고 있다. 지난 겨울 쌓아났던 불순한 기운들을 모두 배출하고 새로움이 들어차도록 새 몸을 열어놓으려 하고 있다. 꽃 몸살이다.

초월

아내를 보내고 나서 나는 해탈의 경지에 도달해 간다. 잡스런 것으로부터 벗어나고 집착으로부터도 해방되어 가고 있다. 있으면 있는 거고 없으면 없는 거다. 아프면 앓아야 하고 누워야 하면 이부자리 위에서 뒹굴면 된다. 가지려 했던 것에 대한 포기가 빨라졌다. 던져내려 애쓰며 산다.

그런데 인생은 여전히 아이러니다. 버리려 해도 떨어져 나가는 것보다 들러붙는 게 더 많다. 잊으려 할수록 가슴팍에 쏙쏙 들어있다. 누군가는 말해준다. 아직 멀었다고. 너를 위한 맘뿐이니 그렇다고. 보여지기 위해 살지 말라고.

한마디 던지고 싶다. 너는 내가 되어봤냐? 그러는 너는 너의 것과 너를 위함에서 조금이나마 벗어났냐? 그러려고 시도나 해보며 사냐? 살 저미고 눈 침침해질 정도로 붉은 눈알을 비비며 수 없는 밤을 새워봤냐? 알량한 충고는 상처에 필요 이상의 소독약을 부어대는 것이다. 자신을 보호하기 위한 거짓 위로로 타인의 삶을 들여보아서는 안 된다. 무시해도 될 말에 공연히 심력을 쏟아 붓기 싫다.

이제 손톱만한 실마리들을 찾아가고 있다. 조금 멀리 돌아도 갈 곳을 정하면 천천히 갈 준비가 되어 있다. 다소 번거롭더라도 복잡함도 감수할 자세가 되어 있다. 나에게 나를 포기하라고는 말할 수 없다. 나와 타협하는 것이 가장 어렵다. 다만 천천히 가고 돌아가면서 지치지 않으려고 한다.

가끔 아내의 방에 들어가 멍을 때린다. 살아있을 때를 생각하며 모든 순간이 고마웠다. 내일이면 너를 놓아준 지 300일째다. 아프지 않지! 내일 보자.

함께 하는 날에
-어느 결혼식에

시작은 설렘과 두려움이 공존하는 완충 지입니다. 누군가에 의해서 시작되어야 하는 것에는 두려움의 힘이 강하지만 스스로 선택한 시작은 기대와 설렘의 영역입니다. 결혼은 둘이서 함께 시작하는 완전한 다른 세계를 여는 삶의 전환점입니다. 둘이 하나가 된다는 것은 새 세상을 창조한다는 것과 같습니다.

결혼을 통한 가족관계를 창조한다는 것은 기존의 나를 포기한다는 것은 아닙니다. 나와 다른 사람 속으로 내가 들어가 함께 섞인다는 것입니다. 섞임이란 서로를 연결하는 일이라 할 수 있습니다.

서로 다른 삶이 일순간 완전체로 하나가 될 수는 없습니다. 마음에 마음을 열어주고 서로가 서로를 마주보며 한 방향으로 가는 과정이 섞임입니다. 그런 면에서 섞임은 사랑의 다른 이름이라고 정의를 내려도 될 것입니다.

잘 섞이기를 바랍니다. 살다보면이 아니라 살게 되는 순간부터 서로가 가진 개성과 환경과 삶의 방식을 섞기 위해 노력한다면 오래도록 행복이란 보따리를 함께 품에 안을 수 있을 것입니다.

사람의 인연이란 한 순간에 결정된 것이 아닙니다. 한 사람을 만나고 사랑하게 되고 결혼에 이른다는 것은 수만 번의 스침과 수억 번의 엇갈림 들이 한 지점에 모인 결과라고 볼 수 있습니다. 이미 오래 전부터 둘이서 연결되도록 한 징조들이 오늘 이 자리에서 결실을 맺었습니다. 하늘 아래 유일한 인연이라고 믿습니다.

사랑만 하고 사랑만 받고 언제나 하나인 둘로, 둘이 하나로 삶을 공유해 나가기를 바랍니다.

함께 하는 모든 순간들이 처음처럼 설레고 행복하기를 바랍니다.

이름을 부르자

이름은 한 사람의 모든 것이다. 어떻게 불려지는가 혹은 어떻게 쓰여지는가 이전의 문제다. 사람 자체의 모든 것을 담고 있다. 이름에는 태어남으로부터 시작된 기대와 사랑이 담겨지기 시작한다. 태어나지 말아야 할 운명을 지고 태어나는 사람은 없다. 생명은 우연히 만들어지지 않는다. 그렇게 되도록 필연이 개입되어 있다. 그렇게 믿어야 한다. 그것이 지금의 나를, 너를 고귀한 존재가 되게 한다.

시간이 지나 성장하면서 이름에는 크기가 붙는다. 성장의 과정이 고스란히 담기는 것이다. 성품이 형성되고 내적, 외적인 무게를 갖춰간다. 외모도 어쩌면 이름의 성장과정이 형상화 된 모습이라고 해야 할 것이다. 곧고 굳은 이름으로 자신을 밀고 가는 사람은 얼굴에 믿음직함이 서기처럼 서린다. 지혜롭고

선한 이름으로 인격을 형성해가는 사람은 온화하고 우아하다. 고뇌에 차고 사색적인 사람은 차분하고 기품이 있는 외모를 갖게 된다. 반대로 자신만을 극도로 사랑하는 이기적인 사람은 얼굴이 잘 생기고 아름다울지라도 다가가기 꺼려지는 냄새를 멀리까지 풍긴다. 자기만의 감정에 충실하고 타인을 배려하지 않거나 타인의 삶을 종속시켜 지배하려고 하는 사람은 음습한 기운을 배출한다.

주변에 사람들은 넘쳐난다. 가지가지, 각양각색의 사람들이 저마다 자신의 이름을 내걸고 살아간다. 이름들의 어울림을 살아가는 세상이라고 하면 될 것이다. 그러므로 세상은 복잡하고 기묘하다. 이름마다 개성과 생각이 다르다. 동명이라 할지라도 사람이 다르므로 다르다. 같은 배에서 동시에 나온 쌍둥이도 서로 다른 이름을 갖고 있듯 비슷할지는 몰라도 같을 수가 없다. 사람은 한 명 한 명이 고유하다. 따라서 이름도 그렇다. 같은 성향을 가진 사람들이 모여 단체를 이루고 자신들만의 울타리를 치고 공동의 이익을 만들어가기도 하고 전혀 다른 사람들이 한가지의 목표를 이루기 위해서 이합집산을 하는 경우도 있다. 이름들의 융합이다.

자기의 이름을 내건다는 것은 자신의 모든 것을 걸었다는 것과 같다. 장사를 위해 간판에 자신의 이름을 새기는 경우가 많다. 신뢰감이 든다. 속이지 않을 거라는, 속지 않을 거라는 믿음을 위해 이름을 걸고 그 이름을 믿게 만든다. 글을 쓰는 사람은 거의 모두가 자신의 이름을 제목 다음 줄에 활자화 한다. 글에 대한 자부심도 있겠지만 제목을 받쳐줄 얼굴이 이름이기 때문이다. 또한 글에 대한 모든 책임을 진다는 약속이기도 하다. 화가는 낙관을 찍고 작곡가도 자신의 이름을 건다. 이렇듯 정상적이고 떳떳한 모든 행위에는 이름이 걸린다. 이름은 정당성이다.

이름은 자신이 만들어가는 것이다. 누군가 대신 만들어줄 수가 없다. 만일 누군가가 만들어준 이름이라면 자신의 삶을 산 것이 아니다. 이후에도 타인에게 종속되어 살아갈 수 밖에 없다. 영향력이 있고 사회적으로 확고한 이름의 뒤에 숨어서 그림자처럼 이름 없이 살아가는 사람들이 있기는 하다. 그들의 이름은 평생 가려져 있어 독자적인 힘을 갖지 못한다. 이름은 자아이면서 독립성이다.

가끔 나의 이름을 불러주자. 또박또박 힘을 주어 불러주자. 힘이 날 것이다. 믿음이 생겨날 것이다. 힘겨운 삶에 위로가 될 것이다. 그리고 가능한 한 주변 사람들의 이름을 불러주도록 하자. 직책이나 직함이 이닌 실명을 불러주자. 그들도 그들의 이름이 자주 불려지기를 바랄 것이다. 자신의 존재가 존중 받고 있다고 느끼고 싶을 것이다.

동상이몽

겉과 속이 다르다고 간단히 해석하면 될 말이다. 같은 침대에서 잠을 자면서도 다른 꿈을 꾼다는 것이 글자 그대로를 해석하는 말이다. 같은 행동, 같은 말을 하면서 실제로는 다른 생각을 하는 것, 겉 따로 속 따로 전혀 다르다는 표현이다.

자식이라면 뭐든 해주려고 하며 살아왔다. 여타의 부모들이 거의 같은 마음이다. 거의 라는 단어 뒤에 드물지만 그렇지 않다는 속사정을 깐다. 물론 나는 전자였다고 자부한다. 원하는 많은 것들 중에서 한가지라도 해주지 못하면 마음이 아프고 가슴이 답답해 속앓이를 했다. 자식이 아프면 더 아팠고 좋은 일이 생기면 화끈하게 표현은 하지 않지만 뒤돌아서 벅차게 웃고 자랑스러웠다. 세상에 존재하는 생명체 중에 최고로 아끼고 애지중지했다. 아버지로서의 원죄였고 자부심이었다.

그러나 자식은 부모를 의지의 대상으로, 딛고 일어설 디딤돌 정도로만 여기는 꼬락서니들을 보고 듣고 경험하기도 한다. 인간이면 누구나 자신을 위해 자신만을 생각하고 사는 이기심을 가질 수 밖에 없다. 그런 보편적인 이기심을 탓할 필요는 없다. 자신의 노력과 타고난 재능으로 이기심을 만족시켜 가며 산다면 적극 권장할 일이다. 그러나 무조건적인 사랑을 당연히 여기면서 대가를 지불하지 않아도 될 발원지를 거덜내면서 이기심을 채우려는 것은 패륜이다. 도구로 여기지 말아야 할 지고 지순한 사랑을 도구화의 대상으로 폄하시키는 것은 망종이다.

자식을 위해서 어떤 희생도 치르고 죽음도 불사하는 것은 이제 부모의 의무가 아니다. 잘못된 사랑의 방식이다. 때려야 할 때는 결단을 내려 힘껏 때려줘야 한다. 아프다는 것을 알게 해줘야 한다. 물론 때리는 부모도 아플 것이다. 생살을 도려내는 고통일 것이다. 어쩌면 진실한 사랑은 같이 아픔을 느끼는 것에서 출발할지도 모른다는 생각이 든다. 잘못된 생각과 행동을 보면서도 내 자식이니까 눈을 감아주고 용인해주기만 한 결과물은 삐뚤어진 인성체를 억장 무너지는 마음으로 봐야 한다는 것이다. 부모의 마음이 갈기갈기 찢기는 저주를 겪어야 한다. 무조건 예쁘게 보지 말아야 한다. 나는 하지 못했으므로 너에게는 다 해준다는 말은 나는 바보가 되겠다는 말이다. 모든 것을 다 해줄 수 없다. 그러지 말아야 한다. 궁핍을 경험토록 해주고 안 되는 것은 안 된다는 것을 알게 해줘야 한다. 자식이 부모의 소유물이 될 수 없듯 떠받들 신주단지도 아니다.

반평생 이상의 시간 동안 살을 맞 대고 사는 부부가 같은 침대에 누워서 다른 꿈을 꾸고 사는 것처럼 내 속으로 태어나게 한 자식도 나와 같은 생각을 할 것이라고 착각을 할 뿐 같지않다는 것을 인정해야 한다. 다만 내 유전자가 전

이되어 비슷할 뿐이다. 품에서 벗어나면 다른 인격체가 된다는 것에 배신감을 가질 필요도 없다. 쉴 새 없이 먹이를 날라다 더 먹겠다고 악다구니를 쓰며 졸라대는 새끼의 주둥이를 만족시켜주는 어미 새도 날개에 힘이 붙은 새끼가 둥지를 벗어나 하늘을 날 수 있게 되는 순간 독립을 인정한다. 둥지를 떠났다고 배신당했다고 여기지 않는다. 줄만큼 줬으면 그만 줘도 된다. 관심도. 사랑도. 걱정도. 과하면 나에게 상처로 돌아온다.

내가 둘러친 둥지를 헐어버렸다. 떠 받치고 있기에 이제는 버겁다. 나에게 집중하면서 살기에도 벅차다. 의무도 권리도 내려놓고 할 일을 다한 어미 새처럼 다른 하늘 아래로 날아갈 것이다. 끌어안고 있으려다 관계에 악화가 피면 그 동안 가꿔왔던 양화마저 시들고 만다. 때가 되었다고 생각이 들 때 서로의 적당한 거리를 유지해야 한다.

걷기 연습

제주 올래 길을 걷기 위해서 비행기표를 예매해 놓았다. 동유럽의 여행에서도 아마 많은 시간을 걸어야 할 것이다. 평소에 하는 산책 수준으로는 감당할 수가 없을 듯 해서 주말 이틀 동안 2시간씩 걸었다. 꽃들이 산발적으로 피어있는 길은 피로도를 낮춰주기에 충분했다. 그래선지 당초 계획보다는 무리를 하게 되었나 보다. 갑자기 늘어난 운동량으로 인해서 지난 밤 잠자리가 꽤나 힘들었다. 쓰지 않던 근육이 뭉치고 목과 어깨, 허리까지 뻐근했다. 아침에 몸을 일으켜 세우기가 곤혹스러웠다.

뜨거운 물에 샤워를 해도 금세 풀리지 않는다. 결국 출근하기 위해 갖춰 입은 옷을 벗고 여기저기 파스를 붙이고 나서야 다시 옷을 챙겨 입었다. 파스를 붙였다고 뭉친 근육들이 풀릴 것이라고 믿지는 않는다. 파스도 평평하게 몸에 달라붙지 않는다. 혼자서 보이지도 않고 손에 잘 닿지도 않는 곳에 안간힘을 쓰며 붙이다 보니 매끈하게 몸에 붙일 수가 없다. 벽에 대고 등을 위 아래로 움직여도 보고 좌우로 틀어도 보면서 툭툭 벽 치기를 해봤지만 잘 될 리가 만무하다.

술은 술로 풀어야 하듯이 운동으로 긴장한 근육은 지속되는 운동으로 풀어야 한다. 몸은 되도 기분은 상쾌하다. 빈둥거리며 시간을 다 허비하지 않았다는 대견함이다. 주말이면 구들장 짊어지고 배로 바닥을 쓸지 않도록 해야겠다. 편한 것이 편한 것이 아니다. 혼자라서 못하겠다는 것은 핑계에 지나지 않는다. 귀찮아서, 게을러서 나를 팽개쳐놓는 것에 불과하다. 나에게 잘해주어야겠다고 말만하고 몸을 쓰지 않으려 하면서 실제로는 나를 해치고 있었던 것이다. 고기나 먹여주고 비싼 옷이나 한 벌 입혀주는 것이 나에게 잘해주는 것이 아니다. 움직여서 몸을 단련시켜주고 자연 속으로 파고들어가서 심신의 안정을 이룰 수 있도록 환경을 만들어 주는 것이 진짜로 나를 위해주는 일이다. 잠자리에 누울 때, 오늘 하루가 뿌듯했구나 하는 생각이 들 수 있어야 나에게 떳떳한 것이다.

올래 길을 이틀 동안 꼬박 아침부터 저녁까지 걸을 생각이다. 가급적 바다를 끼고 조성된 코스를 보고 있다. 가능하다면 사려니 숲도 걸어보고 싶다. 아내와 같이 걸으려 시도했다가 아내의 체력이 안 돼서 중도에 포기했던 길이다. 그 때의 안타까움과 아쉬움의 마음이 지금도 생생하다. 병이 깊은 아내와의 마지막 여행이었다. 지금 생각해보면 한 순간도 아쉽지 않은 시간이 없다. 단 한 시간도 소중하지 않았던 시간이 없다. 모든 시간이 새록새록 기억 속에 각인되어서 불현듯 떠오를 때마다 눈시울 붉혀지고 가슴 뜨거워진다. 제주의 푸른 바다를 가슴에 품고 걸으며 지나간 시간을 오래도록 반추할 것이다. 숲길을 걷게 되면 깊은 숨을 쉬며 힘겹게 한 걸음, 한 걸음 앞으로 나갔던 아내의 모습과 다시 만나게 될지도 모르겠다.

　가슴 아픈 기억일수록 잊으려고 몸부림을 치기 마련이다. 그러나 몸부림이 길어질수록, 격렬해질수록 아픈 기억은 절대 빠져나가지 않는다. 기억 속으로 파고들기로 했다. 아내가 곁을 떠난 지 시간이 훌쩍 지났다. 조금씩 희미해져 갈 것이라고 믿었던 아픈 일들이 하나도 변하지 않고 오히려 그 강도를 더해 심장에 살아있다. 세월은 누구에게나 똑 같이 적용되는 망각의 약이 아니다. 배낭 하나 등에 지고 묵언수행을 하듯이 홀로 걸어서 나는 지워낼 수 없는 시간 속으로 돌아갈 것이다. 피하려 하지 않고 정면으로 맞서서 내 지독히 아름답고 애련한 삶으로 승화시켜 보리라.

　시간이 날 때마다, 시간을 내서라도 걷기 연습을 계속해야겠다. 걷다가 못난 체력 때문에 안간힘을 쓰며 기억을 찾아가서 잡은 아내의 손을 놓칠 수야 없지 않는가.

안전거리

막막한 일이다. 비가오면 피하려 숨을 곳을 찾고 비가 그치면 공연히 섭섭해지기도 한다. 햇빛이 세면 미덥지 못하지만 손바닥으로라도 가려보려 하고 구름이 짙어지면 햇빛을 찾아 나무 그늘에서 나오기도 한다. 무엇이든 풍족하면 등한시 하다가 모자라면 아쉬워한다. 거리도 마찬가지다. 멀면 가까이 가보고 싶고 지나치게 근접해 있으면 떨어져보고 싶어진다. 넘치는 것도 결핍도 못 견뎌 한다.

차게 머리를 적시던 비가 그쳤다. 휑하니 공간을 쓸던 바람도 함께 멈췄다. 좌우로 비틀거리던 나무들이 직립을 정비한다. 벚꽃 잎은 이미 대다수가 바닥에 추락해있다. 조팝꽃잎도 듬성듬성 비어있다. 환경에 맞춰야 생존을 질기게 이어갈 수 있다. 극복은 적응이 동반되어야 한다. 순응이 선행되지 않는 넘어섦은 이탈이다. 전과 후의 본질이 다른 존재가 되는 것이다. 완전히 다른 자아는 자신이 아니다. 자신으로부터 파생된 돌연변이 혹은 괴물이다.

거리를 무시하면 안 된다. 거리는 일정하게 유지되어야만 올바르다고 말 하는 것이 아니다. 안전거리를 지키면 된다. 자아가 뒤틀리지 않을 정도의 거리. 자신을 잃어버리지 않을 거리. 사람마다 안전한 거리의 정도가 다르다. 거리의 개념도 안전의 개념도 다르다. 그러나 본질적 개념에서 동떨어져 있지 말아야 한다. 깊숙이 들어서 있지 않으면 된다. 너무 지나쳐도 덜 가도 위험에 노출 된다.

이런 생각을 하면서도 나는 자주 거리를 놓친다. 그럴 때마다 화가 난다. 화를 내면서 미련스럽다고 자책을 하기 일쑤다. 웃어야 할 때를 지나쳐버리거나 슬픈 표정을 지어야 할 순간을 스쳐 보낸다. 때를 잃어버리면 다시는 그 시간으로 돌아갈 수가 없다. 안전거리를 정확히 설정해놓지 못해서 겪게 되는 불운이다. 거리는 때를 구분하는 선이기 때문이다.

일찍 홀로되어 망막한 세월을 살아온 어머니를 보고 왔다. 다정하게 말을 주고받고 싶었지만 아내를 잃고 홀로 된 아들의 처지를 생각하며 눈시울만 붉히며 '밥 잘 챙겨 먹어라. 술 조금만 먹어라. 혼자 살아도 산 사람은 살아지더라. 살이 왜 그리 빠졌냐. 얼굴 색이 안 좋다.' 걱정인 듯 푸념을 한 바구니 늘어놓는 어머니의 맞은편에 비스듬히 앉아 나도 속만 상했다. 잘 살고 있지 못해서, 식구들 뿔뿔이 흩어버리고 혼자 고역스럽게 살아서 미안하고 슬펐다. 이제라도 가족이라는 이름으로 속상하게 만들지 않도록 안전거리를 재놓고 그 선 안과 밖에서 멀어지지 않도록 살아내야겠다. 나에게 잘해주며 사는 것도 중요 하지만 나로 인해 아프고 안전거리를 상실하는 고통을 경험하지 않게 하는 것도 중시해야겠다.

새로 산 차에 고사를 지내달라고 부탁을 하러 갔다. 이전에 타던 차는 고사를 지내지 않았다. 억측일지 모르지만 고사를 지내지 않아서인지 이런저런 사고가 잦았다. 주변 사람들이 고사를 지내지 않아서 크고 작은 사고들이 난다고, 미신도 액땜이라고 생각하고 형식적으로 치르면 마음이 편한 법이라고 이번에는 꼭 고사를 지내라고 말들이 많았다. 작은 접촉 사고가 세 번이나 난 후 큰 사고가 나서 정신 놓고 한 열흘 병원 신세를 졌었다. 초겨울 교차로에서 신호대기를 하던 중에 1톤 트럭이 짐을 가득 싣고 뒤에서 브레이크도 잡지 않고 그대로 들이받았다. 비와 눈이 섞여 오는 초저녁이라 노면이 미끄러운 상태였기에 내차가 그 상태로 앞 차를 추돌하고 그 차가 그 앞 차를, 또 앞 차를. 5중 추돌사고로 인해서 일대의 도로가 마비되었던 제법 뉴스거리가 되는 사고였다. 기왕에 지낼 고사라면 나를 세상에서 가장 깊이 알고 걱정해주는 어머니에게 맡겨야겠다고 생각을 했다. 비가 오는 차 앞에서 막걸리를 바퀴에, 차 앞 바닥에 부어놓고 "우리 아들 맘 편히 살게 하소서. 안전하게 델꼬 다니소서. 탈없이 지내게 해주소서." 신에게 하는 축원인지, 차에게 하는 애타는 부탁인지. 머리를 조아리며 두 손을 굴리는 어머니의 징그럽게도 질긴 사랑에 나는 모로 고개를 돌린 채 공연히 "그만하면 되었네." 심통을 부렸다.

 아프지 않으면서, 걱정 없이 살겠다는 장담은 못하겠지만 안전한 거리를 만들며 살아가도록 노력은 하겠다고 들리지 않도록 어머니의 등에 속삭였다.

눈물은 그래도 뜨겁다

마른 것으로 착각했다. 눈물은 절대 마르지 않는다는 걸 어제도 오늘도 흘리면서 안다. 눈물샘은 때가 되면 언제든 역할을 다 할 준비를 항상 갖추고 있다. 뜨거운 샘이다. 눈물은 아무리 많이 흘려도 뜨겁다.

팬티 한 장, 러닝도 한 장, 양말 두 개 그리고 칫솔과 치약의 간단한 짐을 챙겨서 백팩에 넣는 것으로 여행 준비를 끝낸다. 혼자 하는 추억과의 이별의식 여행은 너무나 단출한 준비로 끝이다. 나는 나로부터 멀어질 수가 없어서 살아감의 여행을 멈출 수가 없다. 어쩌면 이별을 견디지 못해 나를 만나러 가는 것인지 모른다. 이별은 핑계고 나를 찾기 위해서 길을 나설 채비를 하고 있는 것이 아닌가 허전하다. 시간이 약이 된다는 말은 믿겨지지 않는다. 시간이 갈수록 상실은 깊숙이 파고들고 상처는 범위를 넓혀 간다. 시간은 약이 아니라 돌아갈 수 없다는 깨달음을 각인시킨다.

지워지지 않아서 다행이다. 지울 수가 없어서 또 다행이다. 역설적이게도 잊으려 하면서도 정작 잊혀질까 두려워한다. 뜨거운 눈물을 마르지 않고 흘릴 수 있어서 고맙다. 살아있는 한 나는 여전히 눈물을 흘릴 것이다. 그렇게 뜨겁고 따순 날들을 살 것이다. 다시는 볼 수 없게 되어서 더더욱 보고 싶다. 목숨을 줄여서라도 볼 수 있다면 기꺼이 같이 할 시간의 곱절을 바쳐서라도 보고 싶다.

사랑했으므로 여운이 계속 심장을 울릴 것이다. 마지막 유산처럼 간직하고 있는 사랑을 마음에 공중해 놓을 것이다. 곁에 없다고 없는 것이 아니다. 가슴이 열려있는 전부의 시간을 함께 하고 있다.

바다에 앉다

아침 일찍 길을 나섰다. 예전의 그곳들은 여전히 그곳이다. 그 사람만 없다. 마지막을 함께 했던 그 시간도 없다. 방파제를 걷고 해변 길을 지나며 가끔 방치된 의자에 앉아 수평선을 본다. 파도가 지척까지 왔다 왜 혼자냐고 고개 갸웃하며 물러선다.

애월바다

누구에게도 들키고 싶지 않은 마음을

돌 틈 사이에 끼워두고 돌아서 나오다가

물살에 쓸려가버릴까봐 돌아보고 돌아본다

벗어놓았다고 믿었던 마음도

영영 사라질까 걱정이 된다

파도가 바위를 부수고 시간을 깨서

검은 모래알갱이로 섞어놓을 때까지는

잊혀진 기억이 되지 않을 것이다

벗겨낸다고 사라질 기억이 아니다

애월에서 나는 망각을 위한 저항을 포기한다

지나치게 맑아서 푸른 거다

무리한 계획이었을까. 힘이 든다. 생각을 지우며 걷기만 하면 된다고 여겼다. 그러나 몇 발작 걷기도 전에 울적함이 찾아오더니 덜컥덜컥 눈시울이 뜨거워진다. 숨이 끊어질 만큼 가슴에 통증이 인다. 지우는 여행은 애초부터 무리였던 거다. 지우려 했던 기억들은 정도가 지나칠 강도로 생생하게 떠오른다.

애월 한담에서 곽지까지 1.2키로의 해안 산책로를 왕복하면서 사람이 걷는 속도가 이렇게도 느릴 수 있을지 반문하면서 걷는 것인지 기는 것인지, 펑퍼짐한 바위에 걸터앉고 간이의자에 주저앉고 아침 여섯 시부터 시작된 산책이 아홉 시가 넘어서야 출발했던 제자리로 돌아왔다.

어제부터 제대로 식사를 하지 않아서 속이 아리지만 적당히 밥을 먹을 생각이 들지 않는다. 속보다 머릿속이 더 뒤죽박죽이어서 식욕이 생기지 않는다.

창 밖으로 바다 전망이 좋은 유명브랜드 커피숍에 한 자릴 차지하고 아메리카노로 아침 식사를 대신한다. 전망이 좋은 자리에 터를 잡은 커피숍은 아침부터 테이블이 많은 사람들로 들어차 있다. 빌어먹을 일이다. 걷는 동안에도 여기서도 나만 혼자다.

유명관광지를 유람하기 위해서 온 여행은 아니다. 엄청난 양의 거리를 극기 훈련처럼 걷기 위해서 온 것도 아니다. 지움이란 핑계를 대며 내 자신을 위로하기 위한 여행임을 인정한다. 작정하고 나 홀로 여행을 하는 것은 처음이다. 랜트카를 빌릴까 말까 고민하다 잘 알지도 못하는 대중교통을 이용할 용기가 없어서 여행에 다소나마 본 취지에 벗어난다는 것을 알면서도 차를 빌렸다. 길을 갔다가 차가 있는 원위치로 돌아와야 하는 왕복의 번거로움을 감당하기로 한 것이다. 그러나 다음의 목적지로 신속하게 이동할 수 있다는 장점이 왕복의 번거로움을 상쇄시켜주고도 남는다.

제주의 바다색은 어디서나 푸르다. 좋은 수식어로 에메랄드빛이라 한다. 멀리서는 그렇게 보인다. 가까이에서 보면 그냥 맑다. 투명하다. 바닥이 훤히 보인다. 한마디로 지나치게 맑아서 푸른 거다. 하늘도 마찬가지다. 맑은 하늘은 푸르다. 그러고 보니 수평선으로 갈수록 푸름이 깊어진다. 바다와 하늘의 푸름이 맞붙기 때문이다. 아마도 나는 저 깊은 푸름을 보고 싶어서 이곳에 왔는지도 모른다. 시간이 지나도 아픈 기억을 벗겨내지 못하고 혼탁한 슬픔에 잡혀있는 나에게 해답을 제시해주고 싶은 것이다.

함께 걸었던 방파제 위를 주저거리며 서성이고 같이 맛나다며 먹었던 식당 앞을 왔다 갔다 하면서 지나간 시간과 장소를 답사하듯 다닌다. 이번이 마지막 추억을 새기는 여정이라고 속으로 우긴다. 그러나 장소가 많아질수록 마지막이 될 성 싶지가 않다. 시간을 지운다는 것은 가능성이 희박한 짓이다. 아픈 기억으로 새겨진 시간은 지워내는 것이 아니라 내 시간 속에 깊이 묻어내는 것임을 깨달아가고 있다.

또 다른 장소로 길을 나서야 한다. 가는 곳마다 옛길이 아닌 새 길이 되는 날까지 나는 여행을 멈추지 못할 것 같다.

쓰나미

지워가고 있다고 믿었다. 붉은 노을처럼 깊게 하늘을 밝혔던 시간도 어둠에
묻히듯 때를 만나면 깜깜이가 되겠구나. 기다렸다. 해지고 있던 바닷가 모래
사장에 서서 끝도 알지 못할 바다를 보며 나는 파도같이 출렁였다. 물결의 무
등을 타고 보이지 않을 끝까지 가고 싶었다. 그러나 물살은 모래사장으로 다시
돌아오고 나도 돌아올 뿐이었다. 쓰나미였다. 갈 때보다 더 큰 덩치로 휩쓸려
왔다. 시간은 지운다고 흔적마저 없앨 수는 없다. 내 전 생애를 겹겹이 쌓아서
덮치고 겹쳐오는 너울이었다. 마음에 각인된 상흔은 추억의 홍수에 쓸려 난파
되기 일쑤다. 파도야 어쩌란 거냐.

조조영화, 노동절

새벽에 침대에서 뒤척거리다 조조영화 한편 보고 장태산 메타세콰이아 숲에 다녀와야겠다는 생각을 했다. 잠드는 시간도 잠에서 깨는 시간도 불규칙하다. 마땅히 정해야 할 필요도 없다. 구속이 없는 삶은 자유이기도 하면서 방관이 되기도 한다.

어제 아침부터 머리가 무겁고 속이 느글거린다. 요 며칠 무리하게 걸어서 몸이 감당할 수 있는 운동량을 초과해서 인가보다. 갑자기 걷는 시간과 거리를 늘린 게 발단이다. 목적지와 목표한 시간을 정해놓지를 않다 보니 그 때, 그 때 마음이 움직이는 데로 거리를 가고 시간을 망각한다. 다리가 걸리면 잔디밭에 쪼그려 앉아 담배도 느긋하게 한 개피 태우고 편의점에 들러 콜라도 한 캔 사서 마시며 쉬다가 다시 걷는다. 급할 것이 없다. 시간을 어겼다고 눈총을 받을 일도 없고 눈총을 줄 사람도 없다. 무엇보다 시간 자체를 정함이 없으니 어긴다는 개념이 없다.

걷는 것도 자주하다 보니 중독이다. 마라톤이 중독이라는 소리를 들으면서도 몸을 혹사하는 것이 중독이 될까 의문스러웠는데 고통스러운 것일수록 하고 나서의 개운함과 뿌듯함이 빠져나올 수 없는 유혹이라는 것을 깨닫게 된다. 그래서 대부분의 힘든 운동들이 하고 또 하게 만드나 보다. 위험천만한 익스트림 스포츠들에 빠진 사람들이 이해가 간다. 목숨을 담보로 하면서도 그 매력에 중독이 된 것이다.

백팩에 수건 한 장, 물 한 병, 캔맥주 하나 그리고 선글라스와 미러리스 카메라를 챙겨 넣고 동네 극장으로 왔다. 9시 30분 조조영화인데도 좌석이 몇 개 없다. 맨 뒷좌석을 골라잡는다. 달콤한 팝콘 냄새가 솔솔 난다. 커피냄새, 콜라냄새가 진득하다. 무엇보다도 사람냄새가 진하다. 다닥다닥 붙은 의자마다 등을 기대고 앉아있는 사람들의 재잘거림이 살아있다는 맛을 느끼게 한다.

5월 1일 노동절. 노동의 대가 없이 쓸쓰라하다.

조조영화도 숲길도 함께 할 누군가가 있으면 좋겠다는 생각을 해본다.

지금의 의미

　생존을 위한 치열한 송홧가루의 흩날림이 절정인 소나무들의 몸부림을 보면서 산다는 것이 얼마나 처절한 것인지 가늠을 해본다. 뿌옇게 차를 뒤덮고 있는 송홧가루를 먼지떨이 개로 문질러 내다가 '이 짓을 왜 하는지, 며칠 있으면 비가 온다는 예보가 있었으니 그 때가 되면 빗물에 씻겨 내려갈 텐데.' 문득 의미 없는 짓이란 생각이 든다. 트렁크에 먼지떨이 개를 집어 던지고 시동을 걸었다. 은연중 든 생각 한줄기가 평소대로라는 행위에 중지를 가할 때가 있다.

　운전대를 잡고 장태산휴양림을 향해 간다. 5월 초, 이 때쯤 장태산의 메타세콰이아 나뭇잎이 가장 좋다. 연록이 푸름으로 치달아가는 시간이다. 보여지는 그대로 신록이 절색인 시기다. 이 맘 때의 신록은 어떤 꽃보다 아름답다. 선명한 샛노랑 보다도, 붉은 멍 같은 샛빨강 보다도, 조화를 인식시키는 오색찬란함 보다도 가슴을 서늘하게 파고드는 연한 녹색은 마음 속을 깊이 정화시켜주는 아름다움이다. 숲을 가득 메운 메타세콰이아의 끝임 없는 직립을 보기 위해 종종 장태산을 찾지만 이즈음의 숲이 일년 중 가장 행복감을 안겨준다. 숲이 가까워지는데도 하늘이 흐리다. 바람이 부는데도 미세먼지는 십사리 물러가지 않는다. 송홧가루의 찐득함과 합쳐져 대기가 서로 엉켜버린 듯 하다. 차가 달릴수록 앞 유리에 오물처럼 누런 먼지가 쌓여간다. 워셔액을 분사하고 와이퍼를 작동시켜 보지만 금방 다시 더러워진다.

　차의 외관이 지저분하면 왠지 기분이 엉망이 된다. 차를 보면서 자신의 모습이 더럽혀져 있다는 동질감을 느낀다. 차는 사치의 수단일수도 있지만 생활의 동반자가 된지 오래다. 집이 쉼과 생활의 안정을 위한 움직이지 않는 동반자라면 차는 떠남과 돌아옴을 위한 움직이는 삶의 동행자다. 그렇기에 동반자의 질을 높이는 것이 자신을 더 품격 있게 만들어 준다는 생각이 어쩌면 좋은 차를 선망하게 만드는 것인지도 모른다. 특히 남성들에게는 좋은 차에 대한 로망이 더 강하게 자리를 잡고 있다. 멋진 차를 모는 것이 멋진 인생을 이루는 것으로 비견되기도 한다. 그래서 차는 하향조정이 잘 안 된다. 차를 바꿀 때는 거의 대부분의 사람들이 더 크고, 더 비싸고, 더 성능이 좋은 차를 택해간다. 로망에 다가가는 것이다. 그런 로망의 대상이 먼지를 뒤집어 쓰고 있거나 흙탕물이 튀어 있으면 기분이 상하는 것은 당연하다고 할 수 있다. 시원하게 물을 뿌리고 거품을 내며 말끔하게 세차를 하면 기분이 좋아지는 것은 세차를 하면서 자신의 내면을 어지럽히는 먼지들을 치워가기 때문이기도 하다.

　송홧가루의 처연한 흩뿌림이 얼마나 고역스런 생존을 위한 본능인가를 말하다가 흐름이 엉뚱해졌다. 소나무는 지금을 최선을 다해 살아낸다. 지금 하지 못하면 영원히 할 수 없는 것처럼 집중을 한다. 바람이 불 때를 대비해 송화를 최대한 부풀렸다가 바람이 스치고 지나가는 순간에 가루를 터뜨린다. 소나무가 송화를 일시에 터뜨리는 장면을 본 적이 있다. 작은 용암이 분출하는 것 같았다. 수많은 송화폭탄들이 터지는 순간은 장관이었다. 바람을 타기 시작한 노란 가루들이 햇빛에 반짝이며 주변을 금빛 안개 속에 가두는 모습은 쉽게 볼 수 없는 황홀경이었다. 생존본능이 가열찰수록 아름답게 보여진다는 것은 자연법칙의 잔인한 속성인가 보다.

소나무에게 주어진 바람의 순간이 지금이라는 간절한 시간이 된다. 미래의 어떤 시간을 예약하는 것은 무의미한 희망이다. 생을 멈추지 않고 살아가는 방법은 내일이란 추상적 개념을 내려놓는 것에서부터 시작한다. 생명에게 보장된 미래는 없다. 오늘이라는 현실에 모든 힘을 쏟아내야만이 지속성이 담보된다. 아직 오지 않은 미래는 나의 시간이 아니다. 지금만이 나의 시간이다. 미래에 좀 더 나은 삶을 살겠다는 준비는 그 시간이 내 시간이 되기를 바라는 자기 최면이 개입되어 있을 뿐이다. 준비는 하되 현재를 초월할 미래를 품고 살면 안 된다. 현재의 나는 미래가 도래해도 나다. 자잘한 변화들이 묻어 있겠지만 돌연변이처럼 근본이 바뀌지는 않을 것이다. 그러므로 지금 전부를 살듯 살아가야 한다.

겹친 그림자 속에서

좋은 일은 한 번에 한가지 이상 오지 않는다. 나쁜 일은 중첩되어서 오거나 연달아 온다. 좋은 일은 한 번 즐거워하고 잊어버리기 때문이기도 할 것이다. 나쁜 일은 곱씹고 되새기도록 상흔을 남겨 오래 기억되기 때문일 것이다. 그 래도 나쁜 일이 한꺼번에 두서너 개가 연이어 오는 경우는 단순한 느낌 차원의 문제만은 아니다. 큰 사고가 나기 전에 항상 작은 전조들이 신호를 보내는 것 처럼 좋지 않은 일이 오기 전에 주변의 상황들이 변화를 가져오는 경우가 많 다. 이유 없이 가슴이 답답해 진다거나, 실수가 잦아진다거나, 고만고만한 작 은 사고들이 이어서 일어난다면 촉각을 곤두세우고 자신이거나 자신의 주변 인들을 챙겨봐야 할 것이다. 불행은 갑자기 찾아오는 것이 아니다. 오겠다는 신호를 계속 반복하다가 불현듯 곁에 다가와 있다. 오는 불행을 막을 수 있는 방법은 없다. 그러나 오고 가는 것을 막을 수는 없어도 기척을 알아채서 마음 의 준비를 하고 맞는 것과 아무런 대책 없이 빠져들어가는 것과는 불행을 대하는 강도가 다를 수 밖에 없다. 아무리 거대한 불행일지라도 굳은 마음으로 준비하고 맞는다면 조금 덜 아프고, 조금 빨리 벗어날 수 있을 것이다.

아직 칠십도 되지 않은 장모님이 알츠하이머로 판정을 받고 말았다. 작년 이맘 때쯤부터 기억력이 급격히 나빠지고 조금 전에 한 말을 반복해서 하는 일이 잦아지기는 했었다. 딸을 저 세상으로 먼저 보낸 충격이 병세를 급속히 악화시켰음은 자명한 사실이다. 우울증이 겹쳐 정신적 공황상태가 지속되더니 과거의 좋았던 기억들의 일부만을 남겨놓고 현재를 반복적으로 지우기 시작했다. 조금 전의 현재와 조금 더 지난 현재뿐만 아니라 다가올 현재도 기억하려 하지 않게 되었다. 남겨놓은 과거의 기억 속에 나는 좋은 기억으로 남아있기는 힐 것인가. 아직도 딸이 살아 있다고 믿고 있어서 아침에 눈을 뜨면 제일 먼저 찾는다는데 나도 여전히 보고 싶은 사위로 남아 있겠지. 기억을 더 잊기 전에 찾아가서 두 손 꼭 잡고 이제 떠나간 딸을 잘 놓아주라고 함께 통곡이라도 해야겠다. 어쩌면 장모님은 아픈 기억을 지우고 싶어서 지니고 싶은 추억만 남기고 다른 시간들은 버리기로 했을 것이다. 망각으로 다른 세계와 잇고 싶어서.

지난 밤 저녁에 동생이 느닷없이 흐느끼는 목소리로 전화를 했다. 좀체 전화가 없이 지내서 별일 없이 잘 지내고 있겠거니 했다. 하나 있는 오빠가 상처를 하고 힘들어 하니 걱정거리들을 보태고 싶지 않아서 연락을 자제하는 것이려니, 무소식이 희소식이려니 믿고 지내왔다. 평소에도 힘들다는 내색을 잘 하지 않아서 그러려니 믿거라 했다. 그런데 많이 힘들었나 보다. 누군가에게 그 아픔을 위로 받고 싶었나 보다. 핏줄이라고 내가 땡겼나 보다. 오빠가 올케의 병수발로 정신 없이 힘든데 걱정을 더할까 봐 수술을 하면서도 말도 못했단다. 이미 두 번의 수술을 하고서도 다시 재발이 되어서 내일 아침에 세 번째 수술에 들어간다고, 이번에는 무섭다고 꺼이 꺼이 운다. 암이 아니라 다행이라고,

한 숨 푹 자고 일어나면 수술은 잘 끝날 거라고, 맘 단단히 먹고 회복하라고. 전화기 너머에서 들려오는 흐느낌에 발악발악 악을 쓰며 위로도 못 되는 남으람만 하다 전화기를 내려놓자마자 울컥울컥 해진다.

　이제 이 정도면 됐다. 아직 다가오고 있는 불행이 또 있지 않기를 빈다. 아내를 보내고 나서 좋은 일은 기대하지도 않았다. 다만 다른 고난의 그림자에 갇히지 않기만을 바랬다. 웃으면서도 실없었고 말을 하면서도 입이 무거웠다. 언감생심 행복해지겠다는 다짐도 생소할 뿐이었다. 낮은 곳에서 낮게 몸 수그리고 고요한 곳에서 마음 차갑게 살고 싶다는 생각만 되풀이 하며 지냈다. 그러나 침울해진 친인들이 슬픔의 그늘에서 빠져 나오지 못하고 있다. 이미 갖고 있는 근심과 상처들이겠지만 내 곁에서 진해진다. 불행의 단초들을 안고 살아가고 있는 내 탓인 것 같아서 안타깝고 우울해 진다. 믿기지 않는 현실의 기억은 내가 증발시키고 싶다. 돌이킬 수 없는 아픔의 덩어리는 내가 떼어내고 싶다.

　번잡한 일에서 멀리 떨어져서 지내고 있다. 내 것이 아닌 것의 근처에는 가지도 않고 멀리하면서, 돌이킬 수 없는 과오나 실없는 것들은 잊으려 애쓰면서 나를 절제시키고 나에게 관대해지려 노력을 하고 있다. 사소한 모든 일상에 욕심을 내지 않고 나와 직접적인 관련이 없는 일이라면 외면하면서 살아가겠다고 다짐하면서 잔잔한 시간을 쫓고 있다. 그러나 공교로움은 괜한 것이 아니다. 우연을 가장해서 필연처럼 시간은 나를 끌어들인다. 비껴가며 살 수 있는 시간이란 없다고 지적을 한다. 살기 위해서는 엎치든 덮치든 모든 일들을 안아야 한다고 일러준다. 번거로움을 피하려고 하는 것 자체가 큰 욕심을 부리는 것이라면 내 욕심은 과하고 과하다. 그렇다 하더라도 나에게만 집중하며 살고 싶다는 큰 욕심을 버릴 수가 없다.

제4장
도나우강에서 가슴 비우기를 시작하다

눈으로 하는 고백

그대의 눈에 자주 내 눈을 맞추는 이유는 같은 꿈을 꾸고 싶기 때문입니다. 눈동자가 만날 때마다 나는 그대의 세상 속으로 들어가게 됩니다. 치유될 성싶지 않은 고독의 상처를 안아서 담가줄 샹그릴라 같은 그대의 깊고 다정한 눈에 빠져 숨 막혀도 황홀합니다. 잘게 떨리는 그대의 눈꺼풀이 감기면 나도 눈을 감고 함께 잔잔하게 숨소리를 맞추며 오랫동안 공허해서 닫아두었던 내 세상으로 그대를 불러들입니다. 나도 그대에게 마음 한쪽 붙여놓고 쉬고 싶은 사람이고 싶어섭니다. 내가 그대의 눈을 빤히 쳐다보는 것은 끝나지 않을 동행을 하고 싶다는 열망의 표시입니다. 너무나 간절해서 말로는 할 수가 없기 때문입니다.

여행의 목적

여행은 삶에서 중요한 의미를 부여하고 싶은 시간을 갖거나 휴식이 필요할 때 택하는 자신에 대한 다짐의 방법 중 하나다. 고상한 방법이다. 시간과 경제력이 소요된다는 제약이 있어서 더 하고 싶은 욕구가 생겨난다.

여행의 방법도 개인의 특성과 사정에 따라 여러 가지로 이행된다. 자신과의 치열한 싸움을 하고 싶은 사람이 택하는 고도의 고통과 인내의 도보 여행. 바람을 가르며 세상을 온 몸으로 느끼며 품어보려는 자전거 여행. 좀 더 폭넓고 많은 곳을 가고 싶은 자동차 여행. 이국의 낯선 세계에서 자신에게 새로운 세상을 보여주기 위한 비행기 여행. 어떤 방법의 여행이든 여행에는 목적이 동반된다. 간혹 목적 없이, 정한 곳 없이 떠나는 여행도 있기는 하겠지만 그만한 시간과 돈을 이유 없이 들일만한 여유가 대부분은 없다. 없다라는 말을 너무 자주 쓰는 것 같지만 실상이 그렇다.

여행의 목적은 여행을 하는 사람에 따라서, 여행지에 따라서, 여행의 시기에 따라서 천차만별이다. 동행자가 있다고 하더라도 목적이 똑같을 수는 없다. 비슷한 목적이나 동일한 주제를 공유하기 위한 테마여행이라 할지라도 개개인이 같은 목적으로 완전히 합치되지는 않는다.

일상에서는 찾을 수 없는 자아를 찾아가는 여행은 혼자 하는 여행이어야 효과가 좋다. 휴식과 관광을 위한 여행은 여럿이 와자하고 즐거워야 여행의 묘미가 배가된다. 비즈니스가 목적인 여행은 사실 여행이라고 할 수 없다. 여행이라는 형식을 차용했을 뿐 일의 연속이다. 결혼을 기념하기 위한 결혼여행은 새로운 인생을 설계하기 위한 설렘이 가장 클 것이고 반대로 마지막을 함께하기 위한 이별여행은 착잡하고 아릴 것이다.

이별여행도 여러 가지다. 생을 정리하기 위한 여행. 연인과의 이별을 위한 여행. 이미 죽음으로 세상을 떠난 사람을 가슴에서 보내기 위한 가슴 비우기 여행. 이 중에서 가장 가슴 아픈 이별여행은 사랑했던 사람을 떠나 보내기 위한 가슴을 비우는 여행이다. 사랑했던 사람이 부모일수도 있고 아내 혹은 자식일 수도 있다. 사랑은 쉽게 지울 수가 없다. 특히 가족을 잃어버린 아픈 사랑은 진한 멍으로 가슴에 새겨져 멍 자국이 옅어지지 않는다.

이별여행을 준비한지 오래다. 여행을 다녀오면 사랑했던 사람의 부재에서 오는 견딜 수 없는 허전함을 떨칠 수 있지 않을까 하는 단 하나의 목적으로 계획을 하고 준비를 했다. 떠나간 사람을 보내지 못하는 것은 더 사랑해주지 못했다는 자책이 크기 때문이다. 그러나 자책은 아무리 빨라도 늦다. 있을 때 잘해라는 말이 괜히 호응을 받는 것이 아니다. 곁에 있을 때는 그 소중함을 한 순간씩 망각을 한다. 당연히 계속 있을 것이라는 생각이 소홀함을 불러온다. 그렇다 할지라도 이제 없는 사람을 다시 불러낼 수는 없다. 공간을 달리하는 것이 아니라 시간을 달리하고 있기 때문이다. 지나버린 시간으로 돌아갈 수 없는 것처럼. 오지 않은 시간으로 미리 가 있을 수 없는 것처럼. 영영 다가갈 수가 없다. 이미 없는 사람을 그리워하면서 나날을 무기력하게 사는 것에서 벗어나야 떠나간 사람도 마음 가벼워질 것이다.

생전에 둘이서 꼭 가보자고 약속을 했던 곳으로 떠나기 위해서 차근차근 준비를 했다. 혼자서라도 그 약속을 지키고 싶었다. 무슨 의미가 있어서 혼자 그 먼 나라까지 가느냐고 물으면 그냥 그래야 할 것 같아서라고 얼버무릴 수 밖에. 둘이 쓸 여행경비를 혼자서 쓴다. 난생 처음 비즈니스 석으로 예약을 했다. 빌어먹을 혼자서 호강을 한다.

이어폰 하나가 과하게 비싸다는 생각을 하면서 주문을 했는데, 막상 받아서 착용해보니 잘했다 싶다. 주렁주렁 선을 달고 다니며 음질에 잡음을 주고 걷다 보면 선을 이리저리 옮겨야 하는 불편함이 완전히 해소되었다. 자동으로 켜지고 휴대폰과 자동으로 연결되는 페어링 기능이 아주 맘에 든다. 음질도 상상이상이다. 무엇보다 선이 없으니 거치적임이 없다. 망설이지 말고 진작 샀으면 날마다 하는 산책이 조금은 더 가벼웠을 것을.

오늘부터 떠날 준비를 시작한다. 첫 번째가 완전무선 오토매틱 블루투스 이어폰을 만나는 것으로 시작이 되었다. 이제 유로화 환전을 하고 10일간 갈아입을 바지와 셔츠와 속옷과 양말 그리고 세면도구와 여행용 화장품, 비상 약으로 후시딘과 지사제와 일회용 밴드를 짐 가방에 넣고 나면 더 이상 가져가야 할 것이 없는 것 같다. 백팩에는 미러리스 카메라와 충전기, 여분의 배터리와 셀카봉, 썬그라스면 중요 물건들이 갖춰질 것이다.

불필요한 물건들은 일체 배제 할 생각이다. 돌아올 가방에 나에게 새로운 선물을 가득 담아올 요량이다. 여행을 하면서 얻게 될 다른 세계에 대한 경험과 아름다운 추억 그리고 무엇보다도 이전의 시간과의 이별을 들지 못할 정도로 무겁게 채워올 것이다. 덤으로 평상시엔 언감생심 가져볼 생각도 접어버렸던 몇 가지도 면세점에서 새로운 삶의 활력소로 선물해줄 생각이다. 설레지 않는 여행이다. 혼자 떠나는 긴 여행이기에 오히려 막연하고 두렵다. 지켜주지 못한 마지막 약속이다. 돌아오는 여정이 시작되면 먼저 보낸 미안함과 서글픔과 거대한 슬픔을 그곳에 두고 올 것이다.

여정을 시작하다

터키항공으로 인천공항을 10시 30분에 출발해 이스탄불 공항까지 총 비행시간은 12시간을 꼬박 채웠다. 난생 처음 앉아 보는 비즈니스 석은 맞지 않은 옷을 걸치고 있는 것처럼 어색했지만 이코노미 석에 앉아 고통스런 장거리 비행을 할 때를 생각하면 귀족놀음과도 같았다. 다리를 쭉 뻗고 누워도 공간이 남았다. 지나친 편안함이 오히려 불편할 지경이었다. 제공되는 물품과 식사는 말할 것도 없지만 무엇보다도 공간의 여유로움이 비즈니스 석의 첫 번째 가치임에는 틀림이 없다.

다양한 국적의 사람들이 각자의 여행 목적을 위해 타고 있었지만 반 이상이 패키지에 묶인 우리 팀 일행이었다. 아직은 서로 통성명도 하지 않아서 얼굴을 보면서도 가벼운 눈 인사가 전부다. 본격적인 여행이 시작되면 어색함이 많이 가시리라 믿는다. 말이 통하지 않는 승무원들과는 손짓을 동원한 미소만으로 원활한 의사소통이 이뤄졌다. 궁하면 어디든 통한다는 예외의 법칙은 관계에 기름칠을 해주는 것이란 걸 새삼 느끼게 된다.

　시간을 거슬러 가는 비행은 색다른 세계를 향해 가는 신비한 선물이었다. 경유지인 터키 이스탄불공항은 서울의 표준 시간보다 정확히 6시간이 느리다. 이미 지나간 시간을 향해 과거로 가는 비행기에 올라 있다니. 나에게 아픔을 주었지만 사는 동안 가장 소중한 지나간 시간으로 이렇게 돌아갈 수 있었으면 지금 가슴에 분출기둥을 높이며 터져대는 화산으로 남아있는 순간들을 더 깊이, 더 세세하게 보낼 수 있을 텐데. 아무리 거슬러 가거나 앞질러 가더라도 이 지구상에서는 하루의 시간 이상을 초과할 수 없다.

　새벽 4시 30분에 도착한 이스탄불의 거대한 국제공항은 낯섦을 넘어 작은 공포였다. 다르게 생긴 얼굴과 거친 말투 게다가 원칙적인 냉정한 일 처리를 기계적으로 하는 입국장 직원들. 이 나라에선 외국인에 대한 배려나 서비스 정신이 없거나 우리와는 개념부터가 다른 것 같다. 허리띠까지 풀어 검사장을 통과하니 그래도 공항을 오가는 세계 각지의 사람들은 활기가 넘쳐나서 언제 그랬던가 싶게 분위기에 스며들었다. 히잡을 두른 여인들과 헐렁하게 어깨까지 흘러내리게 옷을 여민 금발의 여인이 엇갈려 걷고 동양과 서양, 기독교와 이슬람이 경계 없이 서로 공간을 공존하는 어울림이 인상적이었다.

　비즈니스 석을 이용하는 여행객만이 누릴 수 있는 VIP 라운지에서 여유롭게 앉아 공짜로 제공되는 음식과 음료를 앞에 놓고 비엔나로 출발할 비행기를 기다리면서 각박하게 아끼며 살지 말고 자신을 위해서는 최대한의 혜택을 베풀며 살자고 다시 생각해 본다. 아끼다 똥된다는 말을 자주 하면서 살지만 실제로 소비의 순간이 오면 자신을 위한 소비부터 줄이게 된다. 정작 가장 소중하게 보살펴야 하는 대상은 자신이라는 것을 그 순간만 망각하는 것 같다. 사랑하는 연인을 위해서, 가족을 위해서, 배려해야 할 대상에게는 자신보다도 더한 소비를 망설이지 않고 해대면서도 자기에게는 인색해지고 마는 것은 나중에 하지라는 택도 없는 위로로 스스로를 속이기 때문이다. 나중은 보장되지 않는 다는 것을 알면서도 말이다. 나중으로 미룰 대상은 나 이외의 모두다. 지금 이 순간이 나에게 먼저 하고 나서 다른 대상들을 챙기는 것이 맞다. 지금 해줄 수 없는 일은 나중에도 해줄 수 없다.

여정의 시작이다. 몇 시간 후에는 본격적으로 동유럽의 초입인 오스트리아 비엔나에 도착해 숨가쁜 일정이 개시될 것이다. 무사히 여정을 마칠 때까지 나에게 질해보자고 속삭이며 세상을 눈 앞으로 끌어놓고 타협할 것이다. 보는 것 만으로 되지 않으리라. 가능하다면 보는 것, 보이는 곳 모두에 마음을 심어놓고 싶다. 그리하여 살아있다는 의미가 새겨지면 좋겠다.

비엔나로 가는 소형 비행기가 출발 전부터 말썽이다. 탑승준비를 시켜놓고 길게 줄을 세워놓은 채 별다른 안내방송도 해주지 않는다. 가이드가 와서 5분 후면 탑승 구를 열어줄 거라고 알려줬지만 약속된 시간이 지나도 아무런 변화 가 없다. 우리나라에서 이렇게 고객을 홀대하고 영문도 모른 채 세워놓았다면 여기저기서 항의를 해댈 것이 분명하다. 그런데 이곳 사람들은 10분이 지나도 20분이 지나도 묵묵히 줄을 서서 기다리기만 한다. 터키공항은 국가에서 운영 하는 까닭에 거대한 덩치에 어울리게 시스템이 낙후되어 있고 친절을 기대하 기 어렵다고 가이드가 장황하게 설명을 한다. 이런 영혼 없는 대기가 자주 일 어나다 보니 이곳 사람들에겐 익숙해져 있단다. 문화의 차이를 받아들일 밖에. 이 것도 여행 중 감수해야 하는 현지에 대한 고마운 공부다. 다행히 40여분이 지나서 비행기는 무사히 이륙을 했다. 이코노미자석 3개중 가운데 자석을 비 워놓고 양끝 자리에 앉게 하는 비즈니스 석이 조금 황당은 하지만 이륙했으니

다행이라고 위안을 한다. 새로운 환경에서 다른 삶의 모습들을 경험하는 것이 여행의 진정한 묘미 아니겠는가.

　15명 일행 중에 얼핏 봐도 여든은 넘었을 듯한 노모를 모시고 온 중년의 경계에 들어섰거나 조금 더 기다려야 할지도 모를 딸이 있다. 혼자인 나를 제외하면 모두가 남녀쌍쌍이어서 의외의 조합이다. 딸 키운 보람이 있음을 단적으로 보여준다. 아마도 살아가는 동안 꺼내서 돌리고 돌려 보고 싶은 모녀의 아름다운 시간 여행이 될 것처럼 보여진다. 여행 동안 건강하고 유쾌하기를 기원해주고 싶다.

도나우강에서 가슴 비우기를 시작하다

비엔나 공항에 내리자마자 버스를 타고 헝가리로 이동을 시작했다. 여행의 첫째 날이자 여정을 시작한지 둘째 날이기도 하다. 인천공항을 출발한지 꼬박 19시간이 걸렸다. 인천에서 이스탄불까지 12시간, 이스탄불 공항에서 환승대기 4시간 그리고 이스탄불에서 비행기 출발지연 시간을 합쳐 비엔나까지 3시간이 조금 더 소비가 되었다. 비엔나 공항은 우리의 제주 공항과 규모가 비슷하지만 공항의 분위기는 간결하면서도 어딘가에서 피어 오르는지 기품이 느껴졌다. 복잡하지 않고 사람들은 바쁘지 않았다. 케리어를 끌고 오고 가는 사람들은 여유로웠고 호화롭지 않은 공항의 내부는 차분함을 느끼게 해주었다. 외국에 나왔다는 불안감이나 낯섦 보다는 나른하게 정신을 이완시켜 긴장감을 흐트러지게 해주었다.

일행의 짐과 사람을 싣고 출발한 리무진은 아우토반으로 금방 들어섰다. 가이드의 설명에 의하면 독일의 고속도로만 아우토반이라 부르는 것이 아니라 유럽의 각 나라를 연결하는 고속도로를 아우토반이라고 통칭한단다. 속도 무

제한이라고 인식이 되어 있는 아우토반은 독일의 일부 구간에 한정되어 있을 뿐 모든 고속도로에서 제한속도가 철저히 준수되고 있단다. 주말엔 아우토반에 화물트럭이 진입할 수가 없도록 법이 규정되어 있어서 일요일인 오늘은 도로가 한산하다. 트럭운전자들의 휴식과 복리를 위해서 그리고 일반 국민들의 휴일 여가를 안전하게 즐기게 하기 위한 법적용이 부럽기만 하다. 주말이나 연휴가 되면 자가용이며 버스와 트럭뿐만 아니라 차라는 차들이 뒤엉켜 길게 늘어서는 교통지옥이 되어버리는 우리의 현실과는 딴판이다.

아우토반의 좌우로 끝이 보이지 않을 듯이 이어지는 평야는 입을 다물지 못하게 한다. 비옥하고 광활한 땅이 산도 없이 평평하거나 낮은 언덕을 만들었다 다시 평평해지며 지평선을 이루고 있다니. 산과 산, 산과 강 혹은 산과 바다로 막힌 우리나라의 평야는 이곳의 평야지대에 비하면 작은 평지대일뿐, 평야라고 부르기도 턱없이 민망할 정도였다. 오늘의 목적지인 부다페스트까지 밀과 보리가 크고 있는 축복받은 평야는 계속된단다. 이곳의 날씨는 우리나라와 큰 차이가 없는 것처럼 보인다. 봄, 여름, 가을, 겨울 계절이 있고 기온도 비슷하다. 다만 습도가 낮아 좀 더 생활하기가 쾌적하다. 평야에 방풍림으로 심어놓은 버드나무가 숲을 이루고 있다. 소유의 경계를 짓기 위한 목적일 수도 있겠다는 생각이 든다. 버드나무 꽃가루가 눈처럼 바람에 날린다. 우리나라에서도 5월이면 흔히 보는 광경이다. 꽃 양귀비가 보리밭에 섞여 피고 군락을 이루기도 해 붉은 장관을 연출하고 있는 곳도 많았다. 나무의 수종과 식물의 종류들이 익숙하다. 씀바귀 꽃도 보인다. 개불알꽃 무리도 얼핏 스쳐 지나간다. 클로바꽃도 풀밭에 피어있다. 비슷한 환경을 식물들을 통해서 확실히 알겠다. 볼수록 이 놈의 평야는 부럽다 못해 질투가 난다.

오스트리아 국경을 넘어 헝가리로 들어섰다. 국경이래야 검문소도 없이 선을 구분하는 허름한 건물 하나가 다다. 이 두 국가는 오고 감에 입국절차를 생략하기로 협정이 되어 있어서 곧바로 통과를 했다. 들판의 광대함은 변함이 없다. 헝가리는 훈족이 사는 땅이라는 의미가 붙은 국가명이지만 훈족이 물러가고 마자르족이 자리를 잡고 국가를 건국한지 천 년이 넘은 아시아계 혈통의 유럽의 인종섬 같은 나라다. 그러나 오랜 시간 동안 이웃국가의 여러 인종과 부족들의 피가 섞여 이제는 아시아계라고 볼 수가 없어졌다. 외모만으로 본다면 유럽민족들과 구분이 안 된다. 다만 체격이 다른 유럽민족에 비해 작아서 미력하나마 아시아인종의 유전자를 유추해볼 여지가 있다. 그러나 여전히 스스로가 자신들의 유래를 인정하고 전통 을 부정하지 않고 이어나가는 노력을 하는 기특한 나라다. 한국보다 면적이 조금 작은 나라. 인구는 천만을 약간 상회하는 서울인구만 한 나라. 국토의 80%가 평야인 나라. 비옥한 국토 때문에 외침을 900번이상 받았으나 여전히 독립국가를 유지하고 있는 나라. 타민족에 지배는 받았지만 역경을 극복하고 독립을 쟁취한 투쟁의 역사를 공유하고 있다는 면에서 우리나라와 같이 불굴의 의지를 가진 민족정신의 공통점이 있는 나라. 버스가 부다페스트 시내로 일행을 데려왔다.

시차를 극복하지 못한 일행들은 몽롱한 상태에서도 한끼의 에너지를 보충하기 위해 오부다 지역에 있는 식당에 먼저 들어섰다. 시차라는 것이 사람의 신체 리듬을 흐트러놓아 머리가 무겁고 몸의 평행감각을 무디게 만든다. 기운도 없고 정신도 조금은 혼란하다. 나로선 처음 경험하는 현상이라 얼떨떨하다. 식욕이 일지 않고 무기력해져 의욕도 없다. 촌스럽게도 나는 기름지기도 하고 거부감이 드는 이국의 음식 소스 향기에 적응하지 못해서 두어 번 포크를 놀리다 내려놓고 콜라 한 잔으로 식사를 마쳐야 했다. 식당을 벗어나 잠시 낡은 건물들 사이를 걸어봤다. 썬그라스 없이는 한낮의 태양에 함부로 맞서지 못할 것 같다. 그러나 눈이 따가울 정도의 햇살도 그늘에 들어서면 서늘해지는 기후가 습도에 숨이 막히는 우리나라의 기후와는 대조적이다. 이곳의 겨울은 도나우 강이 얼 정도로 영하 20도 이하의 날이 지속되고 눈이 많이 온단다. 기온이 낮은 날이 겨울 내내 이어지다 보니 내린 눈이 녹지 않고 차곡차곡 쌓여 얼어있게 돼 겨울이 뼈가 싸늘하게 춥다지만 한철의 고통을 나머지 계절이 절충해주니 춥다는 불평이 필요 없을 것 같다.

아름다운 도나우강이 한 눈에 내려다 보이는 왕국의 언덕에 올라 어부의 요새와 마챠시 교회 그리고 부다 왕궁을 슬렁거리며 관광객들 사이를 오가다 겔레르트 언덕으로 향했다. 언덕에서 내려다 보이는 풍경이 세계문화유산으로 등재가 된 곳이다. 내려다 보이는 풍경 하나만으로 세계문화유산으로 등재되었다니 그 풍경이 사뭇 기대가 되었다. 도나우강은 독일에서 시작해 헝가리를 거쳐 오스트리아까지 총 2,850km를 흐르는 장대한 강이다. 도나우강은 독일어로 다뉴브강이란 이름으로 우리에게 더 잘 알려져 있다. 강을 따라 끝없이 평원이 이어지고 도시들이 세워졌다. 인간의 역사는 강을 따라 시작했다고 해도 전혀 잘못된 말이 아니다.

겔레르트 언덕에 올라 실제 조망을 한 눈에 바라볼 수 있는 장소에서 본 도나우강과 부다와 페스트 지역의 풍경은 품고 있는 걱정거리들을 다 잊어버리기에 충분하고도 남는 장관이었다. 멋지다는 탄성이 절로 나왔다. 부다페스트는 부다 지역과 페스트 지역을 합해서 부르는 명칭이다. 다시 구 시내라고 할 수 있는 부다 지역은 더 오래된 오부다 와 부다로 나누어서 불려진다. 성벽을 따라 겔레르트 언덕을 한 바퀴 돌아 부다 지역의 관광을 마치고 다시 버스를 타고 페스트 지역으로 이동했다. 성 이슈반 대성당 앞 광장 노천카페에서 성당을 향해 기도를 하고 있는 사람들과 큰 소리로 노래를 부르는 젊은이들을 바라보며 커피를 한 잔 마시는 망중한을 누리고 난 후 영웅광장의 관광을 마치고 중식당에서 역시 기름기 줄줄 흐르는 저녁을 대충 시늉만 내서 먹고 도나우강의 야경을 보기 위해서 유람선이 대기하고 있는 강변으로 나갔다.

경치가 세계자연유산으로 등재된 도나우강의 야경은 화려하진 않지만 시원한 초여름 바람에 은은하게 퍼지는 불빛이 편안하게 마음을 다잡아주었다. 백야로 인해서 저녁 8시30분이 넘어서야 서서히 어둠이 내리기 시작한 도나우강은 높게 하늘로만 길을 잡고 뻗어 올라간 빌딩의 불빛에 가려지는 한강과는 자태부터가 달랐다. 오래되고 낮은 건물들이 강변을 따라 줄지어 서 저마다의 장고한 시간을 드리우고 있어 고고한 품위가 흘렀다. 이곳에서는 건물의 불빛이 강을 호위하듯 감싸고 있었다. 특히 국회의사당의 화사한 불빛이 다른 건물들의 불빛을 아우르는 장관은 압도적이었다. 강변에 자리를 잡은 같은 국회의사당인데도 매번 치고 받고 억지만 부리며 진흙탕 싸움을 해대는 대한민국의 빌어먹을 품위 없는 국회와는 정반대의 품격이었다. 국회 건물도 이처럼 아름다워야 그 속에서 국민을 위해 일하는 의원도 정화된 인격체가 되는 것은 아닐지 어처구니 없는 핑계를 대본다. 정말 그렇다면 여의도의 건물을 헐어버리고 그 자리에 한국의 건축양식에 맞는 궁궐 같은 국회를 재 건설하는 건 어떨까.

은근히 강물에 빛 그림자를 드리우고 있는 다리와 건물들 속에 나는 내 음울했던 시간의 한 쪽을 살며시 던져 넣는다. 잊어야 할 사랑을 붙들고 더 이상 아파하지 말자. 아름답다고 간단하게만 표현할 수 없는 허전함이 불어오는 도나우강처럼 품을 수 없는 것들은 놓아주면서 살자. 채웠던 것을 비우는 것도 바람직한 삶의 다른 이면이다. 간직해서 아플 기억을 시간의 흐름 위에 방생해주자. 여행의 목적인 가슴 비우기를 속도를 내서 시작하자. 도나우강 수면에 비친 내 그림자가 뱃전에 밀리며 아련히 멀어진다.

자그레브에 그리움을 맡긴다

자그레브, 왠지 지명부터가 물큰 하다. 풀어놓으면 다 받아줄 것만 같다. 운명인 듯 끌린다. 이국의 풍경을 보는 것 하나만으로도 여행은 여행답다고 해도 된다. 헝가리를 뒤로 한지 3시간이 훨씬 지나서 도착한 국경 검문소. 건들거리는 경찰이 담배를 옆으로 물고 연기를 안개꽃처럼 발사하며 국경선에서 여권을 검사하고 통과 도장을 찍어 준 다음에야 버스는 크로아티아로 접어들었다. 비엔나에서 부다페스트까지 이어지던 평야는 헝가리에서 크로아티아에 접어들어서도 한참 동안 별다른 변화가 없었다. 그러다 자그레브가 가까워질수록 멀리 보이는 산들이 높아지고 이윽고 평야의 끝이 눈에 가까워지기 시작했다. 지평선은 사라지고 사람이 사는 마을들이 점점 많아졌다. 크로아티아는 산악지대가 많은 지역이다. 그래선지 우리나라의 시골풍경과 비슷해졌다고 해도 표현에 큰 차이가 없었다. 정감이 들어가는 이유가 생긴 것이다.

자그레브 외곽은 우리의 80년대 초 도시의 모습과 흡사하다. 어디서 얼핏 본 듯한 정경이 낯설지가 않아서 보는 눈이 편안해졌다. 익숙한 것이 편안하다는 것은 만고의 진리다. 시내 중심가에 버스가 우리 일행을 내려줬을 때도 명동이니 테헤란로니 이태원과 가로수 길의 번잡하고 번쩍거리는 신 빌딩들에 익숙해서인지 오래된 건물들이 고풍스럽게 늘어서 있는 동유럽의 다른 곳과 큰 차이가 없는 거리일 뿐 그 이상은 아니었다. 애초에 이곳에서 그런 서울의 모습을 보고 싶은 것이 아니었다. 큰 경제적 부담을 하면서 여기까지 온 것은 이곳만의 풍광과 그 속에 자리잡고 있는 세월의 깊이를 만나보고 싶었기 때문이다. 여행은 현지를 보고 느끼는 것이어야 한다. 그래서 여행이야말로 현재를 완벽하게 즐길 수 있는 최적의 인간 행동이다.

　사람이 잘살고 못살고의 일차적 판단은 동서양을 막론하고 먹고 입고 싸는 동물적 본능을 얼마나 충족시켜서 기본적 욕구를 잘 해결하는가에 있다는 데는 이견이 있을 수 없다. 먹지 못하면 죽는다. 입지 못하면 자연의 냉혹한 환경에 희생을 당한다. 싸지 못하면 생리적 불균형으로 포화를 이겨낼 수 없다. 돌락 전통시장은 세가지 동물적 본능 중 첫 번째 먹는 문제를 저렴한 가격에 해결해주는 장소다. 1930년대부터 시작되어 현재까지 이어지고 있는 장터다. 새벽 여섯 시에 시작해 오후 세시면 파장을 한다. 우리의 5일장의 모양과 별반 다르지 않다. 농사를 지으며 꼬질꼬질한 손으로 농산물을 이고 나와 팔기 시작한 돌락 시장. 이곳은 농부의 아내이자 빈곤한 어머니였을 한 여인으로부터 시작된 삶의 치열한 현장이 전통의 시장 문화가 되었다. 땀 기름 배인 전쟁 같은 삶의 현장을 보며 여기도 삶의 모습은 별반 차이가 있을 수 없다는 것을 인정해야 했다.

　여행을 시작한지 3일만에 된장찌개와 매콤한 제육볶음으로 점심을 먹었다.

속이 편안해진다. 아무리 여행이 현지를 느끼는 거지만 먹는 문화의 극복은 어려운 문제다. 수많은 시간을 익숙하게 채워왔던 음식의 변화는 혁명보다 무서운 것이다. 대단한 진수성찬을 차려봐도 내 입맛에 맞지 않으면 그림에 떡만도 못하다. 빨간 김치와 양배추 볶음과 오이무침에 어우러져 나온 구릿한 된장냄새가 너무나 반가웠다.

성슈테판 대성당과 스톤게이트 관광을 마치고 반 옐라치치 광장에서 자유 시간을 갖게 됐다. 사람들 속으로 섞여 들어가는 시간이다. 노천카페에서는 자잘한 이야기들로 생의 한 축을 꺼내놓는 사람들이 한가롭게 오후의 햇살에 얼굴을 그을리고 있다. 골목과 골목 사이를 걷는 젊은이들에게선 긴장감이 없는 수선거림이 뭉턱뭉턱 피어난다. 길쭉한 다리에 콧날이 뚜렷한 미인과 미남들을 광장계단에 앉아서 원 없이 봤다. 조물주는 불공평하다. 똑같은 조건의 유전자를 주지는 못할망정 섞이면서 조화롭게 살도록은 해줬어야지 도무지 저 무리로는 끼어들 수가 없다. 생김새가 문제가 아니다. 자유 분망하고 넘쳐나는 생기를 따라갈 엄두가 나지 않는다.

백야가 늦어 가는 밤시간인데도 밤이지 못하도록 밝게 세상을 묶어버렸다. 생소한 경험이다. 호텔에 여장을 풀고 오늘 하루 동안의 이동거리와 눈에 새겨 놓았던 풍경과 사람들의 모습을 머릿속에 새기며 어두워지지 않는 밤을 창 밖에 두고 대치한다. 어차피 쉽게 잠들지 못할 거 밤도 낮과 다르지 않은 이색적인 순간을 누려봐도 될 것 같다. 떨쳐내도 털어내도 여전히 그대로인 그리움을 자그레브에 맡긴다.

깊을수록 고요하다

수면이 단단하다. 깊다는 반증이다. 호수의 바닥이 수면으로부터 멀수록 물살이 고요하다. 깊을수록 번들거림이 없다. 가볍게 일렁이지도 않는다. 자신에게 자신이 있기 때문이다. 자신에 대한 믿음을 믿기 때문이다. 옅은 것들이 호들갑스럽고 변화가 많다. 스스로의 존재감을 만들어야 하기 때문이다. 플리트비체 짙푸른 물 위를 배를 타고 지나면서 나의 깊이를 가늠해 본다. 나는 나에게 자신이 있는가. 믿음이 단단한가. 흔들려도 흔들림에 무너지지 않을 만큼 익숙한가. 부끄럽게도 많이 흔들리며 살았다. 그때마다 자신감과 믿음이 뿌리째 요동을 쳤다. 나는 나에게 나약하고 염치없게 살아왔구나. 여태 깊이를 확인할 수 없는 호수만큼의 무게감에는 언감생심 다가갈 엄두도 갖지 못하였구나. 중심으로 들어갈수록 호수는 배를 부드럽게 안아준다. 속이 깊어져야 삶도 안정된다.

수많은 크고 작은 폭포보다도 호수 한가운데에 있는 시간이 길어질수록 이곳이 아름다운 이유를 알았다. 산 그림자를 품에 안고 살랑거리는 바람에게 길을 내어주고 나뭇잎들에게 자신의 모습을 비춰볼 수 있도록 투명함을 유지한다는 것은 모든 생명들과 어긋나지 않겠다는 호수의 사명과도 같았다. 어울림은 끌어들임이다. 소외를 용인하지 않는다. 그래서 아름다운 것이다.

작은 폭포를 아우르는 빅폭포 앞에서 인증샷 한 컷을 찍었다. 수많은 사람들이 담아갔을 풍경 속에 나도 있고 싶었다. 관광을 제대로 했는지를 가름하는 기준은 그 지역의 대표적인 장소를 볼 수 있느냐 아니냐의 차이를 외면할 수는 없다. 나 역시 그렇다. 플리트비체에서 빅폭포는 그 기준 지다. 바닥이 투명하게 보이는 조그만 호수들이 흐르다 잠시 고이고 흐름을 다시 시작하는 곳마다 폭포들이 생겨나는 장관을 보면서 삶의 시계도 이와 같이 흐르다 잠깐 쉬고 힘을 내 흐름을 계속하면서 자기만의 격류를 만들어 가고 있다는 것에 동감을 한다. 달리 말하면 시간을 극복해가는 것이 삶의 흐름에 순종하는 것이라고 나를 설득해 본다.

잊겠다고 하지 말자. 잊혀질 수 있는 시간은 없다. 기억이 희미해지고 떠올리기를 선명하게 하지 않으려는 의지가 개입될 뿐, 기억의 메모리에 저장된 순간 지워질 수는 없다. 혼자서라도 오기를 잘했다. 망설이기만 하고 핑계를 만들어서 오지 않았다면 사는 내내 깊은 절망을 품고 살아가야 하는 후회의 늪에 빠지고 말았을 것이다. 시간을 낼 수 없다고, 돈이 여의치 않다고, 혼자서 가기가 무섭다고 이유가 되지만 핑계에 지나지 않는 부족함에 갇혀 살지 말아야겠다. 투명한 물빛이 신비롭다. 석회질의 물이 죽은 나뭇가지에서 고체화 되고 송어들이 썩지 않는 나무의 주검들 사이를 고요히 잠영을 한다. 내 기억들도 결국은 머릿속에서 녹아 내리지 못하고 작은 알갱이들로 남아 유영을 할 것이다.

플리트비체를 나와서 요정들이 살 듯한 라스토케 마을을 한 바퀴 돌았다. TV 예능프로그램에 나와서 우리에게 잘 알려진 요정의 마을이다. 호수의 하류에 있는 마을은 물과 한 몸처럼 조화를 이루고 있었다. 동화 속의 한 장면처럼, 판타지 영화에서나 본 듯한 신비로운 마을이다. 집 한 채 빌려 몇 날을 머리도 비우고 가슴도 비우면서 시간의 흐름을 망각해 보고 싶다는 욕심이 나는 곳이다. 이곳에 있으면 현실로부터 한 발 비껴서 살도록 늙은 여주인이 요정들을 불러줄 것만 같다.

오늘은 물의 여행이다. 플리드비체를 벗어난 버스가 크로아티아를 뒤로하고 슬로베니아 블레드 호수를 향했다. 국경 검문소에서 버스 운전기사, 동갑내기 마틴에게 일이 발생하고 말았다. 여권 검사까지는 순조롭게 마쳤는데 버스 운행일지에 문제가 있었단다. 철저하게 운전 시간과 휴식시간을 지켜야 하는 유럽의 운전법칙이 눈앞에서 지켜지는 것을 보게 됐다. 다행히 마틴이 잘못한 것이 아니라 바로 전에 차를 맡았던 기사가 서류상 신고 절차를 실수 한 것으로 판명이 났지만 우리 일행의 일정은 한 시간이 넘도록 붙잡혀 있어 차질이 나고 말았다. 벌금 1,200유로를 내고 늦었지만 다행히 버스가 출발할 때에야 안도의 한숨을 쉴 수 있었다. 서류 신고에 대한 단순 실수 임에도 엄격한 법 적용으로 우리 돈으로 환산하면 백오십만원이라는 벌금을 한 순간에 현장에서 현금으로 내야 하는 이 나라들의 원칙준수가 부럽기도 하지만 소름이 끼치기도 했다.

블레드 호수에 당초 계획한 것보다 두 시간이나 늦은 저녁 7시에 도착했다. 율리안알프스의 만년설이 녹아 흘러 들어 호수가 된 영화 속의 한 장면 같은 곳, 전통 나룻배인 〈플레트나〉를 타고 성모 승천 성당이 있는 호수 위의 섬에 도착해 99계단을 힘겹게 올라 성당의 종을 3번 치면 소원이 이뤄진다는 믿음을 실천해 보기로 한다. 호숫가를 산책하다 절벽 위에 있는 블레드 성에 올라 내려다 보는 호수와 반대편에 병풍처럼 둘러선 알프스의 만년설은 신비로운 눈 호강이 될 것이다. 자연을 그대로 보존하기 위해서 동력 선을 띠우지 않고 전통 방식으로 노를 저어 플레트나는 움직인다. 노를 젖는 젊은 사공이 형님, 누나들 방가방가 손가락 하트를 날리는 호수를 건너서 호수 중앙에 있는 섬에 도착해 성당을 한 바퀴 둘러보고 다시 배를 타고 나와 가파른 길을 따라 브레드 성에 올랐다. 성벽 넘어 멀리 빙하가 보이는 알프스산맥은 형언할 수 없이 아름다웠다. 빙하가 녹아내려 호수가 된 블레드호는 맑음이 맑음을 뛰어넘어 푸르슴히 빛을 내고 있었다. 동유럽여행은 성당과 성과 왕궁 그리고 호수여행이 중심이다. 사람들의 삶들이 이들 장소를 중심에 놓고 이뤄졌고 지금도 그렇기에 당연할 것이다.

일정을 마치고 버스는 정상부근에 만년설이 바위산 사이에 백야의 등대처럼 빛을 발하고 있는 마을에 도착해 여장을 풀었다. 저녁 9시가 지났다. 늦은 식사를 마치면 오늘 하루를 가슴 속에 정리하며 휴식에 들어가야 할 것이다. 하루 하루 살갑게 나를 대해주며 잘 지내고 있다고 스스로를 안정시켜 낸다. 괜찮은 삶을 살게 해줘서 모든 것들에게 고마워하며 깊어지고 고요해져야겠다. 오늘 밤에는 멀리 알프스 산에서 별들이 눈처럼 꿈 속으로 내려왔으면 좋겠다.

다름이 아름답다

새벽이 다르다. 미세먼지와 황사가 없는 공기가 호흡을 편안하게 해준다. 상쾌하다는 건 이런 것이다. 안개가 걷히기 시작하는 산 정상이 눈앞으로 선명하게 다가온다. 햇빛에 반짝이는 만년설이 눈부시다. 스키장의 넓은 초원에는 새벽 이슬을 머금은 풀꽃들이 화려하다. 꽃들도 때깔이 다르다. 말과 소들이 풀을 뜯으며 옅어지는 안개 사이로 들어가 있다. 농후사료를 먹여 젖을 짜내는 우리나라의 낙농방식과는 우유의 질이 애초부터 다를 수 밖에 없는 환경이다. 이곳에서는 유기농으로 낙농을 할 수 밖에 없다. 자연이 그렇게 조건을 갖춰준다. 소들을 축사에 가둬두고 사료를 급여해야 할 집약적 노동력도 필요 없어 보인다. 사방천지가 목초지다. 진정한 방목의 현장을 본다. 복 받은 자연환경이다.

어디를 봐도 멋있다. 아름답다. 설악산도 이곳에 비하면 초라해진다. 오늘의 일정은 오스트리아 알프스의 산과 호수와 세계자연유산으로 등재된 마을이다. 이곳도 그곳에 댈 수가 없다니 사뭇 기대만발이다. 버스가 이제 호텔 라마다 주차장을 벗어나 짤쯔감머구트를 향하기 시작했다. 새로운 기대를 품을 수 있어서 행복한 아침이다.

〈나는 다르다는 말이 좋아/ 변한다는 것이 아니야/ 같은 것이 좋을 수는 있어도/ 아름답다고 우길 수는 없지/ 다름들이 어울려야 비로소 조화가 이뤄지고/ 서로가 행복해지지〉 노래가사 같은 언어가 흥얼거려진다.

오스트리아로 넘어가는 국경을 아무런 주저 없이 버스가 무사통과다. 알프스 산맥의 줄기를 따라 버스는 지독히도 목가적 평화가 그려진 풍경화 속에 길을 내며 간다. 보이는 모든 곳이 그림이다. 울창한 침엽수림과 양떼를 키우는 초지와 어김없이 산의 정상에는 만년설이 한 폭의 그림을 완성한다. 눈이 시원하다. 지상에 낙원이 있다면 여기가 맞다.

산과 산 틈으로 낸 길을 따라 마을들이 유화처럼 자리를 잡고 있는 풍경들을 지나서 볼프강 호수에 도착했다. 도착하자 마자 유람선을 탄다. 수려한 풍경 속으로 들어 간다. 나를 위한 배경이 되어주는 이 풍성한 풍경이 내 존재감을 높여준다. 가장 깊은 곳은 100미터가 넘는단다. 평균 수심이 52미터라니 그 깊이를 가늠할 수가 없다. 모차르트의 어머니 생가가 있는 이곳에서 음악의 전무후무한 신동 모차르트의 푸근한 음악이 탄생할 수 밖에 없었으리라. 손 바가지로 물을 떠 마셔도 아무런 문제가 없을 듯 물이 맑고 화창하다. 참 좋다. 나를 편견 없이 안아주는 풍광이 고맙고 고맙다. 진정을 다해 나를 이해해줄 이는 오로지 나 뿐이다. 불편한 사실이지만 받아들여야 한다. 사랑으로 연결된 연인일지라도, 끈끈한 정으로 맺어진 관계라 해도 완전하게 나를 헤아려줄 수는 없다. 뱃전으로 물보라가 튀어 들어와 얼굴에 무지게를 일으킨다.

아름다운 호숫가 마을, 할슈타트를 걷다가 짤쯔부르크 시내로 들어왔다. 천둥번개와 함께 비가 쏟아졌다는데 다행히 우리 일행이 도착할 때 맞춰 날이 갰다. 지금까지 일정은 궂은 날씨를 잘 피해 다녔다. 비가 오다가도 우리가 목적지에 도달할 쯤이면 거짓말처럼 하늘이 맑아졌다. 역시나 성과 성당 투어가 먼저다. 짤쯔는 소금, 부르크는 성을 의미한다. 소금의 성, 최초로 소금광산이 발견되어 부자가 된 지역이다. 작은 도시에 성당이 스물한 개나 있다니 기가 막힌 일이다. 종교가 절대적인 권위를 갖고 있던 시절이었으니 그러려니 한다. 중세 때는 종교가 경제까지도 아울렀다. 성당을 지으려면 건축가가 필요하고 노동력이 소요될 수 밖에 없다. 건물의 외형이 완성되면 색을 칠하고 벽화를 그릴 화가가 필요하고 조각상을 세울 조각가 초청되어야 한다. 미사를 보기 위해서는 악기연주자와 음악을 만들 작곡가가 있어야 한다. 성당의 건축은 단순히 건물 하나 올리는 것이 아니라 종합경제행위 자체가 되는 것이다. 경제와 예술이 함께 발전하게 되는 모태가 성당으로부터 시작된다고 볼 때 스무 개가 넘는 성당을 건설할 정도의 경제력을 가늠해보면 소금의 경제가치가 대단했음을 유추해볼 수 있다. 모차르트가 이런 시대적 배경에서 재능이 발굴된 천재라고 해도 달리 반박할 이유가 없다. 모차르트의 생가 앞에서 기념사진을 찍고 간판이 이채로운 거리에서 자유시간을 보냈다. 간판거리는 이색적이고 예쁜 간판들이 벽에 걸려있어서 관광지가 되었다. 그 시절엔 대부분의 민중들이 글을 읽을 줄 몰라서 장사를 하는 사람들이 자신이 파는 물건의 특징을 간판으로 만들어 걸어놓아 쉽게 찾아올 수 있도록 한데서 유래했다고 한다. 서울로 치면 명동거리와 흡사하다. 관광객은 물론 현지인들도 많아 제법 사람들로 북적인다. 모차르트 생가 1층에 슈퍼마켓이 운영 중이다. 세계적인 음악의 성인인 모차르트의 생가 건물에 슈퍼마켓이라니. 만일 우리나라였다면 상상도 할 수 없는 일이지만 이곳에서는 전혀 의외롭지 않게 받아들여진다. 다름의 아름다운 사고방식이다. 문화는 비교대상이 아니다. 존중의 대상이다. 옳고 그름을 가를 수 없다. 좋고 나쁨으로 구별해서는 안 된다. 문화는 그 지역에서 살아온 사람들의 오래된 습성과 사고들이 체계적으로 응축되어 자리를 잡은 삶의 방식이기 때문이다. 우월한 문화도 없고 열등한 문화도 없다. 그대로, 그 자체로 보존되어야 하고 받아들여야 한다. 종교도 문화의 일부이고 정치도, 사회생활도 문화의 한 개 축이다. 문화가 인간활동의 모두를 아우르는 상위 개념이다.

오늘도 나는 나에게 수없이 많은 이야기를 했다. 내일도 헤아릴 수 없이 많은 질문들을 해야 할 것이다. 내가 살아갈 날들의 길을 잡아가기 위해서 나를 들춰내는 일을 멈출 수 없다. 치부를 드러내고 속상함을 꾹꾹 찌르는 과정일지라도 비껴가면 안 된다. 갈 때까지 가보는 거다. 이 전의 시간과 다르게 살아가야 한다. 그러기 위해서는 내가 나를 잡아줄 수 있는 단단한 새끼줄 하나를 잡아야 한다. 나는 나여야 한다는 것. 세상에 유일 하다는 것은 같은 무게의 존재가 아닌 다른 존재라는 것. 그래서 의미가 더 아름다워진다는 것을 찾아가야 한다.

경계를 넘어야 자유롭다

조금은 헐렁하게 사는 게 좋다. 챙길 거 다 챙기고 받을 거 다 받으며 살려 하면 곁에 있어주려 하는 사람이 없어진다. 덜 받고 아깝더라도 조금은 덜어주면서 살아야 대접을 받는다. 자기 것을 손에 쥐고 놓지 않으면서 남에게 대접만 받으려는 사람들이 불평불만이 많다. 자신에 대한 반성이 없다. 자기확신은 중요하지만 맹목이 되어서는 대접을 받을 일은 없게 될 것이 분명하다. 어수룩해 보여야 주변에 사람다운 사람이 붙는다. 헐겁게 보여야 인간성 괜찮은 이들이 좋아해준다. 큰 손해 보지 않는 방법은 먼저 양보해주는 방법이 가장 좋다. 외로움이 몹쓸 병은 아니라 해도 불편한 것임을 부정할 수는 없다. 스스로 만드는 것이 외로움이다. 굳이 외로움이 좋아서 즐긴다면 그래도 무방하겠지만 어쩌지 못할 외로움에 빠져있다면 사람들 속에 파묻혀야 외로움에서 벗어난다. 그러기 위해서는 조금은 자신이 가지고 있는 것을 내놓으면 된다. 이타적인 희생을 해야 한다는 것이 아니다. 끌어들이고 싶은 사람에게 나의 작은 허점을 보여주는 것이다. 인간적 이다는 힌트를 주는 것이다. 틈이 없는 사람은 마음 따뜻한 사람이 비집고 들어오지 못한다.

　사랑도 마찬가지다. 사람은 혼자 사는 것이 버겁다. 누군가가 먼저 나를 좋아해주기만을 바라면 사랑을 할 수 없다. 사랑을 하고 싶다면 사랑을 해줘야 한다. 사랑을 받고 싶으면 먼저 사랑을 줘야 한다. 사람의 관계는 상호작용이다. 줘야 받게 된다. 받으면 주겠다고 기다리는 사람은 진실한 사랑을 시작할 수 없다. 받는데 익숙한 사람은 사랑을 이루지 못하는 불치병에 걸리기 쉽다.

　짤쯔부르크를 떠나 체코 체스키 프롬노브로 향해 간다. 오늘은 그곳에서 한나절을 보내고 비엔나로 이동하면 하루가 마무리 되는 일정이다. 도착하자마자 서둘러 점심을 먹는다. 한 끼쯤 건너뛴다고 큰일이 나는 일은 없겠지만 여행을 오면 끼니를 더 챙겨먹게 된다. 밋밋한 계란 수프를 몇 수저 뜨자 삶은 감자와 구운 감자 반쪽이 놓인 접시에 닭고기구이가 덩그라니 올려져 있는 주 메뉴가 나온다. 돼지족발을 추가로 시켰더니 족발이 손질도 안된 채 통으로 나온다. 그래도 돼지족발을 먹을 수 있는 곳이 체코뿐이라 우리나라의 족발과 비교해 보고 싶어 포크와 나이프를 놀려 살을 발라 한 잎 먹어본다. 느끼하다. 역시 우리나라 족발이 최고다. 체코에 왔으니 맥주도 추가 한다. 맥주 맛은 굿이다. 음식도 그런대로 먹을만하다. 성 투어를 시작하기 전 징조가 좋다.

　7백년 전에 세운 성과 건물들이 아름답다. 유네스코에 등재될만한 경치다. 보존이 개발에 우선이 되는 가치에 대한 대가다. 성에서 내려보는 마을의 붉은 빛 지붕들이 거대한 한 폭의 유화 같다. 부지런히 발걸음을 놀리며 성의 구석구석을 돌다 점점 흐려지는 하늘이 비를 한바탕 쏟아낼 것만 같아 서둘러 스보르노스티 광장의 커피숍으로 피신을 해 들어간다. 커피가 나올 때쯤 흐리던 하늘이 기어이 일을 낸다. 천둥과 번개를 불러오고 굵은 빗방울이 떨어진다. 좋았던 날씨의 복이 오늘로 기로를 맞았지만 비가 내리는 노천카페에서 커피잔을 돌리며 광장을 바라보는 맛이 기가 막히게 고즈넉해 좋다. 여행 중에 한번쯤은 상상했던 나만의 조용한 망중한을 즐겨볼 절호의 기회다. 나 자신의 독백을 해보기로 한다. 수많은 인연들을 만들고 그 인연 속에서 살아왔다. 앞으로도 다른 인연을 만들고 그 인연으로 기쁘고 슬프고 행복하고 고통을 감내하면서 살게 될 것이다. 인연의 바다에서 살아가야 한다면 피하거나 두려워하지는 말자. 당당하게 맞서고 품에 안고 살자. 삶이 뜨거울수록 인연을 잘 이끌어 가면서 산다는 반증이다. 이 여행의 이면에는 너에게 새로운 인연을 달갑게 받아들이도록 용기를 주기 위한 나에 대한 배려가 있다는 것을 인정한다. 아직 살아갈 날들이 많다. 끝까지 나를 포기할 수는 없다. 끈기 있게 나를 붙들고 살아가기 위해서는 깊게 의지할 수 있는 다른 인연의 손이 필요하다.

다시 버스는 비엔나로 향한다. 국경을 넘는 일이 하루에 두 번이나 일어난다. 경계는 경계의 한계일 뿐 넘다 보면 인위적인 가로막은 넘나들지 못할 장애물이 아니다. 해가 나왔다 비가 내렸다 날씨의 변화가 다채롭다. 끝이 나지 않을 것 같은 평야를 망막한 시선으로 내다본다. 고속도로가 공사 중이어서 국도로만 차가 달린다. 이렇게 넓은 평지에 국도는 왕복 2차선이다. 간혹 1차선보다도 비좁은 농로 길로 가기도 한다. 작은 마을을 통과하고 밀밭을 가까이서 보면서 조금은 더 이곳의 사람들 속으로 파고드는 것 같아서 뿌듯해진다. 빵을 위한 밀과 맥주를 위한 보리, 주식을 받쳐주는 감자 그리고 양념의 기본이 될 유채가 평야를 메운 기본 작물이다. 산맥이 없는 곳에 숲은 평지의 연장선상에 있다. 곡식이 있어야 할 자리를 나무의 군락이 차지하고 있을 뿐이다. 울창한 원시림은 우리나라의 산과는 확연히 다르다. 산이 아니라 제대로 된 숲의 개

넘을 이곳에서 알게 된다. 편백과 삼나무, 아카시아와 자작나무가 숲의 주인이다. 숲을 뒷짐 지고 느릿느릿 걸어보고 싶은 충동이 일어난다. 시간을 다시 만들어 패키지가 아닌 로컬로 와서 제대로 된 체험과 휴식을 해야겠다는 새로운 목표가 생겼다.

3시간이면 도착할 거리를 국도로 오다 보니 한 시간을 더 소비했다. 7시 반에 비엔나 시내로 차가 들어선다. 비가 도로를 촉촉히 적셔놓았다. 아무래도 내일의 날씨도 비와 함께 해야 될 것만 같다. 쉔부르 궁전과 미술관으로 활용되고 있는 벨베데레 궁전을 관람하고 슈테판 성당 투어가 예정되어 있다. 저녁엔 프라하의 야경투어다. 이 여행의 최종지이자 이 여행을 온 최종 목적지다. 그곳에서 내 가슴 비우기를 마쳐보려 한다.

섞이는 거다

　가능한 전체를 나열해보자. 얼마나 긴 문장을 완성할 수 있을지 모르겠다. 점만 찍어놓고 망연자실 해질까 겁이 난다. 말하지 못하고 마는 것 보다는 하고 싶은 말이 있을 때를 놓치지 말아야 한다는 생각을 하게 된다. 생각하다 잊어버리고 망설이다 놓쳐버리고 나면 무슨 말을 하고 싶었는지도 떠오르지 않는다. 말은 나에 대한 나의 기록이다. 내가 살아오고 살아갈 행적이다. 목소리를 내야만이 말하는 것이 아니다. 쓰는 것도 말이고 그리는 것도 말이다. 표현하는 방식이 다를 뿐이다. 시인은 고뇌의 운율을 타고 화가는 천착한 색을 입히고 음악가는 소리로 세상을 흔들며 말한다. 보이거나 보이지 않거나 느껴지는 모든 것에게 말을 걸어보고 싶다.

　밀고 왔다가 물결처럼 빠져나가는 인파에서 한 마장 벗어나 벤치에 앉았다. 숨소리들이 건물을 돌아 광장의 중앙에서 합쳐진다. 사람은 같이 할 밖에 없다. 혼자서 하는 삶은 불안정하고 결함이 많다. 여럿이라는 말은 쾌적하다. 외롭지 않다. 편안하다. 낙오된 혼자로는 오래 버틸 수 없다. 함께 모여야 할 숙명이라면 혼신을 다해 섞여있는 것이 좋다. 성스테파노 성당 앞을 쉼 없이 오가는 사람들의 얼굴마다 사람들 속으로 서둘러 들어가려는 조바심을 본다.

불규칙한 날씨에 대응하느라 들고 다니는 접이 우산이 거추장스럽다. 햇살을 맞듯 비가오면 조금 젖으면 될 것을, 건물들 속이나 노상카페의 차양 막 밑에서 잠시 피해도 될 것을. 우산을 들고 나와서 공연히 불편을 자초했다. 벤치에 앉아 우산 끝으로 가리켜 보는 성당의 첨탑이 까마득하다. 하늘과 가까워지고 싶은 욕망은 중세나 현재나 별반 다르지 않다. 성당은 정신뿐만이 아니라 삶 자체의 집합소였다. 즐거워도 모이고 위태로워도 모이고 섞여 살아야 하는 사람들의 근원을 이룬 곳이다. 가장 높고 크고 넓을 수 밖에 없다. 그래선지 본능처럼 지금도 여전히 사람들은 성당을 중심으로 모여든다.

섞인다는 것은 말을 하고 싶다는 것이다. 혼자서 하는 말은 흩어지기만 할 뿐 되돌아 오지 않는다. 누군가에게 하고 싶고 듣고 싶은 것이 말의 속성이다. 독백은 초라하다. 좋은 의미와 목소리를 갖고 있다 할 지라도 전달되지 않으면 사라질 뿐이다. 사람들로부터 벗어나 앉아서 이런 생각을 하는 것도 아이러니다. 나부터 섞임으로 섞어져야 할 것인데. 섞인다는 것은 그렇게 쉬운 것이 아니다. 나를 일부러 나 뿐이라는 덜된 생각에서 솎아내야만 가능한 일이다. 벤치에서 일어 선다. 성당의 최 상단을 향해 뻗었던 우산을 가슴 앞으로 가져온다. 인파 속으로 걸어 들어 간다. 나도 후련하게 말을 하면서 살 수 있다는 믿음이 생겨난다. 한 낮의 하늘이 별반 다르지 않다. 이십여 년을 살고 있는 대전의 공간이나 하룻밤을 보낸 비엔나의 공간이나 내가 있으면 나를 품어주는 같은 공간이다.

프라하의 품에 안기다

프라하는 심장의 박동이었다. 두근거림이 잦아들지 않았다. 무슨 짓을 해도 낭만적이고 어디에 있든 현재를 가지런하게 아우르는 고전적이었다. 젊음과 늙음이 없었다. 소란스러움은 향수를 되새겨 주었고 밤을 밝히는 빛은 가보지 못한 미지의 순간으로 이끌어 가는 듯 했다. 프라하의 밤이 깊었다. 잘 왔다. 죽기 전에 와야 할 첫 번째 목표를 이뤘다.

여기에 오겠다는 약속을 지킬 수 있게 돼서 뿌듯하다. 살아서 지나가는 말로만 한 약속을 미루기만 하다 뜨거운 후회가 되어버렸다. 돌이킬 수 없어서 한이 되어버렸다. 이제라도 혼자인 먹먹함을 프라하의 밤 거리에 풀어놓는다. 그리움을 놓고 가련다. 수없이 덤벼들어 울게 만들었던 아픈 순간들의 기억도 내놓고 가려 한다. 와자하고 유쾌한 사람들이 불빛 보다 더 찬란하게 빛을 발하는 이곳이면 우리가 공유한 슬픔도 정신을 놓고 슬픔이 슬픔인지 아픔이 아픔이었던 것인지 혼란스러워질 것이다. 여기에 우리의 마지막 시간을 잘 묶어두라고 당부의 말을 나에게 한다. 언젠가 아련한 추억이 되어있을 때 추억을 집고 따라와서 그 시간을 담담히 마주하고 싶다.

마음 접어둘 곳이 간절했다. 프라하의 품에 안겨서 드디어 마음 접는다. 아련해지는 기억들이 푸근해진다. 있고 싶은 곳에 있을 수 있을 때 삶은 눈물 나게 고마워지는 것이다. 잊지 않겠다. 골목과 광장과 은은한 불빛 속에서 가슴 뻐근한 이 순간을.

프라하는 여행자의 무덤이다. 무덤은 마지막을 의미한다. 안식처이기도 하다. 삶 이후의 영혼의 쉼터다. 고단한 삶의 애증을 마무리하고 우주자연을 향해 살과 영혼을 분리해내는 곳이다. 프라하는 여행자들의 최종 목적지라는 생각을 한다. 짊어지고 왔던 번민을 풀어놓아도 되는 곳, 다시는 다른 짐을 만들지 않아도 되는 곳. 프라하는 생의 해방구와도 같았다. 눈이 개운해지고 가슴이 뻥 소리를 낼 듯 부풀었다 풀린다. 붉은 지붕들과 첨탑을 굽어보고 있는 하늘이 이 세계에서 봐야 하는 최후의 황홀경이다. 블타바강은 맑지가 않다. 고된 삶들을 지고 온 여행자들이 자신의 모든 것을 던져 넣기 때문이다. 탁류의 흐름은 세상이 지속되는 한 멈추지 않을 것이다. 여행자들이 생의 짐을 벗어내려 오는 한 블타바강은 맑아질 수 없다. 나도 이미 나의 시름을 블타바강에 흘려놓았다. 다른 시름들과 섞여 희석이 될 것이다. 그리고 돌아오지 않기를 바란다. 내 삶의 봉분 하나를 만들어놓고 이곳을 향해 어디서 어떻게 살아가든 해마다 이맘때쯤이면 길게 묵념을 하면서 다른 시간을 살아갈 것이다.

어쩌면 나는 돌아가기 싫어 생떼를 부리고 있는 것인지도 모르겠다. 올 때의 막막함이 돌아가야 할 때가 되자 먹먹함으로 돌변해 있는 것이다. 사람의 마음이란 급변하지는 않는다. 때와 장소의 영향을 받으며 서서히 의식하지도 못하는 바뀜 들이 모여서 어느 순간 문득 처음과 달라졌다는 것을 느끼게 한다. 프라하는 가보고 싶은 곳이었지 머물고 싶은 곳은 아니었다. 그런데 하룻밤을 지새우고 아침 한나절을 보내는 그 짧은 시간에 마음 속의 무덤을 만들어 놓고 말았다. 영혼을 봉인해두고 싶은 곳이 되어버렸다. 그만큼 강렬하고 편한 공간이라는 반증이다. 돌아가면 언제 다시 올 수 있을 것인지 기약할 수가 없는 아쉬움이 나를 몰아세우고 있다고 밖에 말할 수가 없다. 프라하의 품에 안기면 풀려날 수가 없다.

일상을 여행처럼 살자

시간을 앞질러 간다. 동유럽보다 한국은 정확히 7시간이 빠르다. 여정의 끝은 아쉬움을 동반한 후련함으로 온다. 모든 여정이 만족스러울 수는 없다. 부족함이 없다면 같은 장소에 다시 올 이유는 없어진다. 채워지지 않는 갈증이 한 모금씩 남기 때문에 그 미묘한 열망을 찾기 위해 반복하는 것이 여행이다. 무엇보다도 돌아가야 할 곳이 있다는 것은 그래서 평온을 유지하게 해준다. 복귀해야 할 곳이 없는 것처럼 불행한 일도 없다. 인간은 어딘가에 묶여있어야 살 수 있다. 울타리 밖에 방치되면 살아가는 것이 버겁고 의미가 없어진다. 혼자서 할 수 있는 일은 많지만 혼자서만 살아갈 수 있는 세상이 아니다. 집을 향해 비행을 시작했다. 일상으로 돌아간다. 한동안 비워놓은 일상이 궁금 하기도 하다. 일상이 일탈이고 여행이 일상이었으면 좋겠다.

이제 다른 삶을 살아야겠다. 누구의 눈치도 보지 않고 하고 싶은 것을 참지 않으면서 살고 싶다. 이만하면 됐다. 출세를 위해서 영향력을 가진 사람들의 비위를 맞추고 관계된 사람들이 싫어하는 일을 하지 말자. 경제적 부를 조금이라도 더 쌓기 위해 허리띠를 졸라매는 일도 무의미 하다. 쌓으면 쌓을수록 인색해지는 것이 인생이다. 적당히 누릴 수 있으면 그걸로 된 것이다. 무시당하지 않을 지위에 있다면 충분히 잘 살아왔다. 더 높이 오를 필요 없다. 더 가질이유도 없다. 일상을 여행처럼 살자. 쓸만한 인연도 만들고 괜찮을 풍경이 들어오면 언제든지 그 속으로 몸 던져 들어가면서 살아도 될 나이가 되었다. 나를 구속할 수 있는 것은 오직 나 뿐이다. 그 구속을 해방시켜주자. 이제부터 자유다. 방종이어도 좋다. 즐기고 즐거워하며 살아도 된다.

이스탄불 공항에서 환승대기를 한다. 흡연실을 찾아 담배 한 개피 피우고 라운지에서 콜라 캔을 이리저리 굴리며 주변에 앉아있는 사람들을 살핀다. 기다리는 일은 지루하지만 건너 뛸 수 없다. 정해진 시간은 먼저 간다고 당겨지지 않는다. 환승 비행기 게이트가 뒤늦게 정해졌다. 아직 보딩 시간은 한 시간 40분이나 남았다. 떠날 때와 돌아갈 때가 별반 다르지 않다. 설렘이 여전히 없다. 그래도 집을 생각하니 편했던 잠자리가 떠오른다. 혼자 지내도 내 집이 편한 것으로는 대체가 불가능한 갑 중 갑이다.

비운 가슴이 다시 찬다. 새롭게 살자는 의욕이 반갑다. 다시 짐을 꾸려 여행을 시작할 때는 설렘과 흥분이 함께 해줬으면 좋겠다. 낯선 세상으로 들어가는 여정에 반드시 동행이 되어야 하는 열정을 갖고 싶다.

에필로그
침구를 갈며 너를 생각한다.

나에게 잘해주자고 습관처럼 말하면서도 그다지 잘해주지 못하고 산다.

만나는 사람마다, 안부 전화를 하는 사람마다

재미있게 살라고 한다. 운동도 하면서 맛있는 거 먹으면서.

어떤 이는 헬스를, 수영을, 마라톤을, 스쿼시를 하기를 권한다.

다른 이는 사교댄스가 좋다, 요가가 좋다고 한다.

정작 나는 하고 싶은 마음이 일지 않는다.

몸을 되게 쓰고 나면 아프다. 몸살기에 시달린다.

가볍게 선선한 가을저녁 바람과 함께 산책하는 것으로 좋다.

해보고 싶다는 마음이 일기 전에는 하지 않으련다.

건강해야 오래 살 수 있다고 운동이 최고라고 한 목소리로 조언을 하지만 오래 살자고 운동을 하고 싶지는 않다.

적당히 살기 위해서 건강했으면 좋겠다는 생각은 한다.

오래 된 침구를 갈기로 했다.

헤어지고 흩어진 식구들이 함께 쓰던 침구를 여태 썼다.

그 시절이 그리워서, 잊고 싶지 않아서.

이제 매트리스와 토퍼매트리스를 사고 차렵이불과 베게도 새로 장만했다.

잠자리 때문은 아니겠지만 불면과 선잠에 시달리는 날들을 오래 지냈다.

침구를 갈았다고 당장 숙면을 취할 수 있을 거라고는 기대하지 않는다.

그래도 조금은 낳아졌으면 싶다.

꿈이 없는 잠을 자고 싶다.

갈수록 꿈들이 선명해지는 것은 무서운 일이다.

새로 산 침구에서 푹신하게 낯선 냄새가 난다.

내 삶의 시간도 낯설어졌으면 좋겠다.

너로부터도 낯설어지기를 기도하고 싶은 가을이다.